最後の大空のサムライ

第八期海軍飛行科予備学生の生と死

倉田耕一

さくら舎

はじめに

今から七十数年前、太平洋戦争に突入前の昭和十六年四月、茨城県の「霞ヶ浦」湖畔に開隊した土浦海軍航空隊（土浦空）に入隊した第八期海軍飛行科予備学生らの知られざる〝交流〟と同時に大正生まれの心意気を書こうと思う。

八期の彼ら四十三人は土浦空で基礎教育を受け、三カ月後には霞ヶ浦海軍航空隊（霞空《かすくう》）へ転隊する。日米開戦早々、不運にも八期の三人が飛行訓練中に墜落、殉職していた。本稿は殉職した三人と遺族、同期らの人を敬う心の「絆」についてであり、これまで歴史の闇に埋もれ、この三人の殉職者を祀《まつ》った二つの知られざる石碑《いしぶみ》を巡る交流に関し、歴史の闇に光をあてたいと思う。

彼ら海軍飛行科予備学生は飛行機の搭乗員に憧れ、あるいは「憂国」の熱血にかられ、海軍に志願したものである。祖国の平和と安寧、家族の安泰をひたすら願いながら航空戦が苛烈を極めているさなかに戦地に配置され、彼らの多くの者が太平洋の海原に散華《さんげ》している。

不慮の飛行機事故で命を落とした前述の殉職三人も南洋に散華した者らと、その熱い思いは同じだったはず。しかし、志半ばで斃《たお》れた殉職者をみる海軍当局や世間一般の目は思いのほか厳しく、明らかに同期らの思いと異なり、淋しいものであった。

海軍予備学生八期の〝若鷲〟らは、霞空で先輩教官から十六年十二月中旬ごろまで、九三式中間練習機（通称・赤トンボ）の教程を受け、それに引き続き、九七式艦上攻撃機（艦攻）による実用機教程を修めて、翌十七年四月十五日に卒業した。彼らは当日の「任官式」でそろって海軍少尉に昇任し、ヨチヨチ歩きの海軍士官としての第一歩を踏み出す。その後、戦闘機や艦上爆撃機、艦上攻撃機、陸上攻撃機などの搭乗員に分かれ、彼らは実施部隊へと配属された。

海軍予備学生制度に少し触れる。同制度は昭和九年に創設された。後の海軍大将となる山本五十六が米国大使館付の武官当時、米国ですでに発足していた制度を見習い、搭乗員の養成を目的にその制度の骨子を〝導入〟したといわれる。採用基準は大学令による大学の学部を卒業した者で、年齢二十六歳未満の者。または大学予科、高等専門学校、これと同等以上の学校卒業者で、二十四歳未満の者とある。

簡略に記せば、大学や旧高専、予科などを卒業し、海軍の飛行機搭乗員になった者をいう。九年十一月の第一期（五人）から十九年八月の十五期（二千三百一人）に至るまで、戦局の推移にもよるが、各期人員や採用条件はそれぞれ微妙に異なる。

予備学生は日本の将来を担う〝頭脳〟となる優秀な人材が多く、もちろん大学名や学歴だけでは到底、判断できないわけだが、彼ら第八期四十三人の内訳をみても、旧帝国大学出身者だけで九人もいた。その内、東大が五人、京大二人、北大、阪大が各一人となっている。

手許に『飛魂――海軍飛行科第九・十期予備学生出身者の手記』（山陽図書出版、昭和五十

七年四月発行）という書籍がある。両期出身者の帰らざる翼となった戦友に捧げるため編《あ》まれたもので、霞空の分隊長として三カ月ほど、第八期の実用機教程を受け持った教官、松村平太（海軍兵学校六十三期）が、この書籍のなかで、彼らを述懐した個所がある。

「訓練をはじめてみると、海軍予備航空団での基礎知識があったので技術面でも優秀な者ばかりで、操縦教育も予想以上に順調に進んだ」

残念ながら八期の四十三人は、終戦時には半数以上の二十七人が戦没していた。この中にはソロモン群島やペリリュー島など、南洋の大海原や戦場で「一死報国」と決意し、散華した者のほか、海軍基地や航空隊での飛行訓練などで不運にも斃れた者も含まれる。あの時代、祖国を護るため戦闘機の操縦士を志しながら戦場で散華するならまだしも、訓練中に斃れるのは、殉職者本人にとってもはなはだ不本意だったのではなかったのかと、推察される。

現在の価値観とは異なり、戦時下の世相にあっては、戦死は軍人の誉《ほま》れであり、最高の名誉とされた。それに対し、飛行訓練中の事故による殉職は、ややもすると自己の不始末——「技量未熟」であるとみなされ、殉職者本人はもちろん、不本意であろうが、恥辱とされた時代である。

遺族は大事な肉親の喪失もさることながら、地域共同体の絆や縁が強かった時代だったゆえ、本人以上にその思いは強かったと思う。本稿の題材に据えた第八期の殉職者、山口要次《やまぐちようじ》（京都大学）、民谷廸一《たみやみちかず》（大阪大学）、和田烝治《わだじょうじ》（東京歯専、現・東京医科歯科大学）をはじめ、同期や遺族らの存在や関係の輪郭がしだいに形作られるに従い、当時の戦友同志の絆、他人を敬う心のつながりを強く感じることができた。

　また、取材を進めると、七十数年前に二つの関連する石碑が茨城県内で別々の場所に建立されていた歴史的事実も明らかになった。

　特に同県つくばみらい市（旧福岡村）に建立されていた石碑の取材を進めると、建立当時の石碑の裏側には清冽な和歌《うた》が刻まれ、詠み人は「銃後の一女性」ということも判明した。この和歌とともに、その銃後の一女性の消息を確認するため、私は追跡を始めた。

　戦時下、慰霊碑や殉職碑の建立は海軍当局が難色を示し、ほとんど不可能に近かったにもかかわらず、前述した通り、七十数年前、茨城県内の二カ所――旧福岡村と阿見町に建立されていた。二つの石碑は誰が計画し、誰が建立したのかと、その謎を追うことも本書の重要なテーマの一つである。

　初めて石碑の建立現場に赴いた際、建立者は誰なのか、もちろん知るよしもなかったが、志半ばで斃れた三人の霊魂を鎮め、供養する慰霊的な意味合いの殉職碑に違いないと、確信した。特に旧福岡村の原野に建立された石碑の裏には、驚愕の事実が隠されていたのである。

　もちろん死者は何も語らない。そしてまた、櫛風沐雨《しっぷうもくう》に晒された航空殉職の石碑も何の言葉も発しはしないが、今の泰平の世に無言で何かを訴えているように私には思えた。

◆目次　最後の大空のサムライ
――第八期海軍飛行科予備学生の生と死

はじめに　1

第一章　謎多き墜落

真珠湾攻撃翌日の悲劇　18
「航空殉職之地」　21
山口碑建立の理由　24
山本五十六と「土浦全国花火競技大会」　26
墜落の原因　28
誰が石碑を建立したのか　31

第二章　「隠岐国」生まれの逸材

山口要次の生い立ち　38

京都帝国大学から海軍予備航空団へ　41
予備航空団の訓練　43
山口要次からの手紙　45
心優しき青年　47
優秀なパイロット　48
墜落の目撃証言　51
遭難機の残骸写真　52
海軍葬　55

第三章　もう一つの殉職碑

歴史調査委員に寄せられた情報　60
山口と同期の二人の墜落　62
謎の石碑のもとへ　64
山口碑との共通点　65
石碑に刻まれた和歌　67
石碑の土地所有者　70

第四章　第八期海軍飛行科予備学生の学生長

学生長・石岡敏靖　78
学生長の役割　82
新たな「謎」　85
墜落機のスペック　87
霞ヶ浦神社　90

第五章　GHQと霊名録と慰霊塔

遺族に宛てた書簡　96
航空隊司令官、必死の抗戦　99
GHQからの厳命　101
海軍航空殉職者慰霊塔　103
霊名録と東郷神社　106

石岡夫妻の想い 108
同期三人の殉職 109

第六章 「八時七分を指して止まる時計」

石岡智子へ宛てた手紙 114
石岡家を訪問 117
石岡夫妻の出会い 119
同期・木村正の人物像 122
八期生たちの運命 126
記念写真 127
石岡の訓練方針 128
一人の殉職者も出さず 131

第七章 二つの石碑の建立を発起した英雄

謎に包まれていた建碑発起人　136
二つの建碑の共通点　138
弟・要次を哀悼する姉の想い　139
歌田義信が残した書簡　142
「戦死」と「殉職」　146
歌田義信の〝獅子奮迅〟　147
歌田義信の死と父の無念　150

第八章　「貴様」と「俺」との絆

英霊に捧げる手記『飛魂』　156
厳しい飛行訓練　158
絶望的な戦局　160
〝特攻〟　163
特攻反対派　166
昔の教え子たちとの再会　168
鎮魂　170

第九章　銃後の一女性

和歌の作者は誰　174
霧雨が降っていた　176
乙女の生い立ち　180
記憶の中の新聞記事　183
「御殉職された尊い兵隊さんへ」　186
なぜ和歌が刻まれたのか　189

第十章　予備学生たちの真実

〝指揮官先頭〟の実態　194
英国の戦艦を撃沈　196
八期の戦没者と生存者　197
大量採用、即席教育　200

海軍予備学生出身の士官は消耗品　203
大半が特攻で戦死　206
あとがき　213

最後の大空のサムライ

——第八期海軍飛行科予備学生の生と死

杉浦愼三　田中章　広瀬武夫　岩本直一　歌田義信　浅野満興　塚本真二　梅田忠夫　杉本光美　森本繁生

吉川馨　鈴木敏　城戸大耀　山本穆　立見友尚　小林淳作　和田烝治　福富正喜　酒井康雄　吉村敏行　川口俊六

松橋泰　小川松吉　石井三郎　今井隆久　村中豊彦　小野光康　小林義雄　木村正　民谷迪一　杉浦彰

楢木一郎　永富敏夫　平野史郎　福西弥一郎　佐藤守正　村井荘　大内藤郎　蔵本正夫　竹下修一　平井節郎　石岡敏靖

（七期教官）天野敏臣　（七期教官）岡村貞之助　□村典生　野村親正　（飛行隊長）江藤恒□　（分隊長）松村平太　田村周□　（七期教官）西田三郎　小林斌　（七期教官）戸田耕平

第八期飛行科予備学生及教官

第一章　謎多き墜落

真珠湾攻撃翌日の悲劇

昭和十六年十二月八日未明――。海軍は米国ハワイ・オアフ島の真珠湾を奇襲攻撃した。海軍航空隊内に急きょ編成された真珠湾特別攻撃隊による攻撃であるのだが、日本の国民は大いに沸き、その戦果に酔った。

高揚した熱も冷めやらぬ翌九日午後二時半ごろ、茨城県稲敷郡朝日村吉原（現・阿見町吉原）に飛行訓練中の飛行機が墜落した。この訓練機――九三式中間練習機を操縦していたのは、霞空《かすくう》（霞ヶ浦海軍航空隊）所属の第八期海軍飛行科予備学生、山口要次《やまぐちようじ》である。彼ら八期飛行科予備学生は十六年四月十五日、土浦空へ入隊。その三カ月後、実施訓練のため近くの霞空に転隊していた。

九三式中練とは二枚翼で、胴体も羽布張り、初心者の航空搭乗要員でも比較的、安定飛行が可能な航空練習機である。この練習機の機体が、橙《だいだい》色の塗装から「赤トンボ」の愛称で呼ばれていた。京都帝国大学出身の山口は当然であるが、この事故で即死する。彼の事故死は八期予備学生の初めての殉職で、真珠湾攻撃の大戦果の翌日だったゆえ、訓練中の事故とはいえ霞空の幹部をはじめ、多くの搭乗員らに衝撃が走ったのはいうまでもない。彼の死は、真珠湾攻撃に続けと猛訓練に励んでいた同期らに強い驚愕《きょうがく》を与え、「明日は我が身か」と同情の念も禁じ得なかった――。

彼の殉職を伝える唯一の冊子がある。阿見町歴史調査委員（以下、調査委員）らが執筆した

『爺さんの立ち話――阿見原と海軍にまつわる話ほか』（編纂事務局・同町教育委員会）という百ページほどの冊子である。

平成十五年六月に発行され、霞ヶ浦の湖面を眺望できる阿見原に所在した霞空にまつわる二十数編の「小話」を編んだもので、その中に「人間の絆」という掌編があり、次のように簡略に綴られている。


昭和十六年十二月八日に太平洋戦争が開始された翌日のことである。艦上戦闘機（形式不明）を操縦して、霞ヶ浦航空隊を飛び立った海軍予備学生山口要次は、朝日村福田の林中に墜落、殉職した。

満州事変以降、航空殉職者は増加したが碑の建立は、戦時の事とてめったにない中、墜落現場に建立された。従って、大正期のものより質素なミカゲ石で造られている。殉職した海軍予備学生の生まれは、その昔、建武《けんむ》の中興《ちゅうこう》を策して捕えられ、流罪となった後醍醐《ごだいご》天皇の配所、隠岐《おき》の島の出身で、島根県隠岐郡都万村という所であることが判明した。

判明のいきさつは、阿見町岡崎在住の石井克己夫人が都万村の出身で、予備学生とは遠縁にあたり、少女の頃、この話を本土から遠く離れた隠岐の島で聞いていたことがきっかけとなった。

「まさか殉職碑があることは夢にも思わなかった。故郷、隠岐の島にはすでに山口家はなく、近親者は大阪か東京の方にいるとの事です。当時慶応大学の学生さんでした。海軍を志願したのも時の流れでしょう。実家は遠い昔から続いた医家で、何か親の悲しみが伝わってくるような碑ですね。隠岐から遠く離れたこの地で、殉職碑とめぐり合ったのも、何か見えない糸で結ばれているような気がします」

墜落地点にあったこの碑は、その後、福田工業団地の造成に伴い、福田地区の高照寺境内に移転した。福田地区有志の、国難に殉じた一青年に対する慰霊の念が移転交渉などを成功させるとともに、高照寺住職の心温かい措置《そち》と供養により、乙戸川の見える高台に、今もこの碑はひっそりと建っている。

掌編「人間の絆」の内容は、これだけである。これを執筆した調査委員、赤堀好夫は旧知の間柄である石井克己の妻、和美から聞いた話を率直に書き込んだ。和美が当時、赤堀に話した骨子は前述の会話文に凝縮されている。彼女は少女時代に両親が話すのを聞いた遠い昔の記憶なので、幾つかの記憶違いがある。例えば山口の出身大学や近親者の所在地などだが、それらの事柄は後日の取材で判明する。

石井和美の従弟《いとこ》で、嘉本隆正という彼女と同じ島根県隠岐の島出身者が千葉県内に住んでいる。彼は故郷「隠岐の島」に住む長兄、廣俊からの要請で、数年前から遠縁にあたる山口要次の足跡などを調べていた。嘉本は平成二十二年十一月下旬、「人間の絆」を執筆した赤堀や自分の従姉、和美夫妻らの案内で初めて山口要次の殉職碑（以下、山口碑）を訪れていた。

「航空殉職之地」

山口碑は現在、阿見町福田地区に所在する天台宗の末寺「高照寺」境内に移築されている。境内の比較的目立つ場所に移築された山口碑は、碑文には「航空殉職之地」と揮毫《きごう》されており、裏側の撰《せん》文には、「海軍予備学生山口要次　昭和十六年十二月九日　飛行訓練中此地ニ殉職ス」とある。

どのような経緯で高照寺に移築されたものか、赤堀好夫の「人間の絆」には、その記述がない。移築された高照寺境内は「殉職之地」でないので、矛盾を感じないでもないが、当時の建立者はまさか、建立後に石碑が他所へ移築されるなどとは、夢にも考えなかったものと思う。

それはさて置き、嘉本が高照寺境内の山口碑を初めて訪れた日、彼はその石碑に線香や花などを手向《たむ》ける。石面に刻まれた「航空殉職之地」という碑文を心の中で何度も反芻する。一般の石碑によくある建立趣旨を示す碑文などはない。墜落地を前面に殉職した搭乗者の名前と日付が碑の裏側に彫られてあるだけだ。

山口要次殉職碑の裏面
茨城県阿見町高照寺境内

「遺族の慰霊目的の建立なら、遺族の想いを端的に示す殉職者の名前を冠した追悼碑や慰霊碑などにするものと思うが、この殉職碑はそうではない。だとしたら、誰が建碑したものだろう。これまで山口のことを調べた限りでは、彼の遺

九三式中間練習機（九三式中練「赤トンボ」）が並ぶ

族は石碑が建立されていた事実すら知らない。これは、遭難地の地域住民が建立してくれたものか……それとも霞ヶ浦航空隊の関係者だろうか？　航空殉職之地という碑文は確かに遺族以外による建立の可能性を示唆している」

石碑の前に佇み、嘉本はこのような不思議な気持ちを払拭できずにいた。

私が後日（平成二十四年一月）、千葉県内に住む嘉本本人を取材した折り、彼は二年前の十一月下旬、初めて山口碑を訪れた時、誰が石碑を建立したものか、建立理由や目的など、当然のことながら皆目、見当もつかなかったという。

「戦時下の建立であれば、個人殉職碑の色合いを極力薄める必要に迫られ、あえてこのような碑文にしたものだろう。慰霊碑の建立は戦時中も含め昭和六年以降、茨城県内では皆無に近い。そうしたなかにあって墜落現場に建碑されたのは、とても珍しい碑だと思う。それにしても石碑が全然、劣化していない。材質は御影石だな。（茨城県の）真壁産か、友部産の石と思える。この形はどう見ても、飛行機の翼の形だな」

嘉本を道案内した赤堀好夫がこう呟き、彼も自宅から持参した花を手向け、神妙に合掌する。

「同じ戦時下でも、時期と場所（前線と後方）によっては殉職に対する評価が違っていたようだ。おそらく戦火が拡大し、餓死、病死、自殺も〝戦死〟とされた頃から訓練中の事故死も、名誉の戦死とされるようになったのではないだろうか。山口の事故死が名誉の戦死の仲間入りが出来たかどうかわからないが……」

晩秋の空を仰ぎ見ながら、嘉本は目の前の石碑がいかめしい大仰な碑ではなく、山口の殉職を慎《つつ》ましく、簡潔に伝える石碑であると思えた。

石碑の頂上部の両辺が緩やかな楕円形をしており、前述の掌編では「艦上戦闘機」と書いてあるが、赤トンボといわれた九三式中間練習機の翼を模したものである。山口の短い人生を凝縮した石碑は、境内のイチョウの老木の下で沈黙していた。それがまた、必死に何かを訴える〝証言者〟のように嘉本には感じられたという。

「この境内に石碑の移築を了承した当時の住職の深い想いも、こちらに伝わってくるような感じがする」

山口碑から視線を移し、境内の鬱蒼《うっそう》とした杉木立を見遣りながら、赤堀がこう呟く。

高照寺への移築の経緯も、まさに人間の絆そのものである。移築の経緯は後日の取材で判ったことだが、高照寺の前住職（故・和久沢堯賢）の妻、和久沢豊子によると、工業団地の造成工事が行われていた当時、寺の世話役の関係者が造成工事の現場に働きに出ていたという。

工事現場に山口碑が埋設される計画であることを知り、その世話役らは危機感を抱き、檀家総代らを交え、住職の和久沢堯賢に対し、

「石碑を境内に移築できないか」

と要請したのだ。

「戦時中には海軍の兵隊さんたちが、この寺によく寝泊まりしにきていたらしく、そのころ子供だった住職は、兵隊さんたちに随分と可愛がられたそうです。寺は当時、癒《いや》しの場所であり、戦時中であっても寺には食べ物が比較的、不自由ないほどあったと思います。夫は自分も大きくなったら、海軍の兵隊さんになりたいと話していたようなんです。ですから、石碑の移築話が檀家の有志から持ち込まれ、檀家さんの相談に乗った時も前向きだったと思います」

数年前に亡くなった夫の住職を偲《しの》び、豊子はこう振り返る。

脳梗塞の後遺症で機能障害が残る夫、堯賢を長く介護した経験を生かして彼女は今、老人保健施設で介護のパートに出ていた。

山口碑建立の理由

山口碑を霞空の関係者が建立したと仮に想定した場合、多くの殉職者がいたのにもかかわらず何故、山口要次の石碑だけが建てられたのか。ちなみに山口が殉職した前後でも霞空に所属し、かつ霞空の訓練空域で殉職した予備学生は他に何人もいた。これらの殉職者の中で、阿見原では山口碑だけが確認されている。

山口の殉職に対する建碑には唐突感さえあるが、それなりの意義や動機があったのではないか――。

当時、嘉本は次のように推察していた。何人かの予備学生の殉職者とは▽昭和十四年八月二十三日、六期の上尾竹三郎（京都大学）▽十六年三月三十一日、七期の山根緑治（関西大学）▽十六年十二月九日、山口要次（京都大学）▽十七年三月十日、山口と同じ八期の民谷廸一（大阪大学）と和田烝治（東京歯専）らである。

航空事故死などの航空殉職者は戦前や戦時下、霞空内に創建された「霞ヶ浦神社」に祀られている。この神社は日本海軍がハワイ・真珠湾を奇襲攻撃し、日米開戦の火ぶたが切られた時の連合艦隊司令長官、山本五十六の発案により、創建されていた。

山本がまだ海軍大佐だった大正十三年九月、霞空に赴任。弱冠四十歳で、その年の十二月から霞空の副長となり、教頭職も兼務した。翌十四年十二月、山本は在米国大使館付武官として転出。この間、霞空に在隊したのは実質一年数カ月だった。彼が霞空に赴任した時、墜落事故が頻発していた。

当時、高価な飛行機が損耗《そんもう》し、それ以上に若い尊い人命が失われ、多くの殉職者が出ている。業を煮やした霞空の首脳部は神社建設のための調査委員会を設立し、その委員長に就任したのが同隊の副長、山本五十六である。彼は神社建設を強力に推進したが、その二カ月後には前述の通り、米国に渡るため阿見の地を離れていた。

神社建設は予定通り運び、山本が灯した〝種火〟は消えることなく、霞ヶ浦神社は大正十五年二月、隊内に創建され、全国の海軍航空隊関係者六十数人の殉職者の英霊がこの神社に祀られることになる。

山本五十六と「土浦全国花火競技大会」

話はやや逸《そ》れるが、殉職者の慰霊ということで山本五十六に関し、もう少し触れる。私の住む茨城県土浦市の「土浦全国花火競技大会」は国内三大花火大会の一つとして広く知られる。この花火大会は同市文京町に所在する曹洞宗「神龍寺」の二十四代住職、秋元梅峰の発案と一般的には、そのように認知されている。しかし、真相はちょっと異なるようだ。

山本が霞ヶ浦空に在隊した大正十四年当時、市内（当時は土浦町）は長引く不況で、その苦境を打開するため、「都会の客を引き付ける花火大会を考え、（梅峰和尚が）懇々と説き歩き、行われることになった」（神龍寺）と、花火大会のパンフレットには同趣旨が書かれている。

確かに山本は大正十三年九月から翌年十二月まで神龍寺山門近くの民家に下宿していたのだが、新潟県長岡出身の彼は幼いころから、「長岡花火」に接している。国内有数の長岡花火の歴史は古く、発祥は江戸時代末期の天保十一（一八四〇）年といわれる。ただ、長岡の本格的な花火大会は明治十二年九月十四、十五の両日、長岡市内の先手八幡神社の裏手で催され、大会当初は三百五十発が盛大に打ち上げられたといわれる。

明治四十三年には全国に先駆けて「長岡煙火協会」も設立され、こうして長岡の花火は盤石な基礎が確立されたのである。

秋元梅峰が長引く不況で経済が低迷している状況を嘆き、愁訴のような愚痴をこぼしたことに山本五十六が、梅峰に助言したのを裏付けるような話がある。海軍飛行予科練習生（予科練、甲種十三期）で、陸上自衛隊「霞ヶ浦駐屯地」で広報を担当したこともある鶴田重郎が生前、私にこう話している。

「土浦の花火は多分、長岡育ちの山本五十六のアイデアと思う。梅峰和尚と山本は肝胆相照らす仲だったと聞く。山本は夏の暑い盛り、部下の士官を引き連れ、神龍寺によく訪れていたようだ。真夏に辛いカレーを食べ、熱い風呂に入り、大汗をかいた後、天井の高い本堂で昼寝をしたという。その山本が和尚と晩酌に付き合った際、和尚が土浦の街が活気のないことを嘆くと、山本が街興しには、自分の生まれた長岡のような花火大会はどうかと、和尚に話したものと思う」

大正十四年秋、秋元梅峰の提唱により、航空術の安全と英霊を慰めるため花火大会が催された。「霞ヶ浦」の湖岸に接する土浦市川口の埋め立て地で開催されている。大会目的は当時、不況にあえぐ商店街の復興のほか、山本ら霞空の首脳らが祈願した航空隊殉職者の慰霊と供養だった。

霞空で殉職者の海軍葬が厳かに営まれた際、神龍寺の梅峰も度々、同航空隊へ読経に赴いている。このように「土浦の花火」は梅峰和尚と山本五十六の確かな〝友情〟から誕生したものと思える。繰り返すが、山本が霞空に赴任した当時、飛行機の墜落事故が頻発していた。それゆえ、山本の提唱で航空殉職者を奉《まつ》る神社が霞空内に建立され、花火大会も開催されることになった。

大会当初の目的は別にしても土浦全国花火競技大会は今も続いている。

墜落の原因

話を平成二十二年十一月の晩秋に戻す。嘉本隆正や赤堀好夫らが山口碑を詣でた日から十日ほど後、私は阿見町内に建設された「予科練平和記念館」を訪れた。その足で記念館の顧問的な存在であり、歴史調査委員の赤堀の自宅を久しぶりに伺う。新聞記者時代から何時も、手ぶらで気軽に彼の自宅を訪ねている。そんな身勝手な記者に対し、彼は何時も歓待してくれた。

赤堀の妻も嫌な顔一つ見せず、笑顔で供してくれた茶は極上のせいか、すこぶるおいしい。赤堀家を訪問する理由の一つには、この上質で、おいしい茶を飲みたいというささやかな欲求もあった。彼の実家は、旧大井海軍航空隊（静岡県）近くで、お茶を栽培する農家である。かつての大井空は静岡県内を流れる大井川の上流、榛原郡の標高百八十メートルの茶畑がつながる「牧之原」台地の間にあり、赤堀の実家は榛原郡金谷町に所在していた。

「私の故郷は、お山（富士山）とお茶と、大井川」

彼の実家はそれこそ、それらが一望できる台地に所在しているという。この時、彼の口から初めて「嘉本」という千葉県内に住む人物が、山口要次のことを調べていることを聞いたのである。

赤堀から以前、前掲書「爺さんの立ち話」を贈呈されていたので、私も山口要次という予備学生が飛行訓練中に墜落したという話は知っていた。山口碑をこの目で確かめておくのも悪くはないという軽い気持ちから、私はこの日、図々しくも赤堀に山口碑までの案内を乞うたのだ。

「もう少し、確かめたいこともあるし、暇だから行ってみるか」

人間的に「大人」の彼は快諾してくれた。私の車に同乗してもらい、阿見町福田地区の高照寺まで行くことにした。

「霞空の関係者が山口碑を建立した主体と考えた場合、航空隊関係者をして山口の殉職碑を建てざるを得なかったケースも、想定する必要があるように思う」

赤堀は道すがら、目深に被った帽子に手をあてがい、意味深な顔で口を開いた。

「それは、どういうことですか？」

私は性急に彼の真意を測りかねて訊ねた後、山口碑をめぐる彼一流の〝講釈〟に耳を傾けた。フロントの車窓から紺碧の空が一面に広がり、好天気だった。車のドアガラスを少し開けると、晩秋の風はやはり冷たい。膚《はだ》を刺すように強いので、私は急いでドアガラスを閉じる。

「山口の遭難機は九七式艦上攻撃機と考えられ、この飛行機は三人乗りであり、山口が殉職した十六年十二月は、彼が九七艦攻の操縦訓練に入ったばかりの時と考えられる。遭難機は山口の単独飛行ではなく、上官が同乗していたのではないかと疑われるからな」赤堀はこう話した後、「例えば」と奇妙な推論を披露する。「西岡中尉の慰霊碑の場合、操縦していた部下が助かり、同乗していた上官の西岡中尉が死亡している。このケースの逆もあり得るのではないかな。霞空の上層部は、山口の遭難機に上官が同乗していたことを何らかの理由で秘匿《ひとく》し、その埋め合わせに山口の殉職碑を建立したものではないかと思われる節もある」

この時点では、赤堀や私は山口要次が九三式中練（通称・赤トンボ）を操縦中に墜落したという事実を知らず、山口が搭乗した練習機は九七式艦上攻撃機と、勝手に判断していたのである。

仮にそれを諒としても、赤堀が譬《たと》えた海軍兵学校（第四期偵察学生）出身の西岡三郎（中尉）は大正十五年七月十日、三等兵曹の上野栄と組み、十式艦上偵察機に同乗し、霞ヶ浦空域で訓練中に墜落。不運にも上官の西岡が殉職し、操縦していた上野栄が顔面などに傷を負ったが、幸いにも生命に影響はなかった。

十式艦偵というのは、大正十一年一月に試験飛行が行われ、翌年四月に霞空と松島海軍航空隊間の長距離飛行を実施したばかりで、まだ安全飛行にはほど遠いような飛行機であった。この時の飛行事故は上昇したり、下降したりする「特殊飛行訓練」の最中に発生したという。

飛行機はキリモミ状態となり、阿見原の畑に墜落。三等兵曹の上野栄は自分が操縦していた飛行機で、海軍兵学校出身の有能な士官を殉職させてしまったことに心を痛め、彼は自分のケガの快復を待ち、自ら西岡の殉職碑を建てることを決意し、毎月の給料をコチコチと貯めたという。石彫や運搬、建立、慰霊祭などに必要な経費を整え、こうして石碑《いしぶみ》建立の見通しが立った段になり、律儀で気真面目な上野は、墜落現場の土地所有者の塚原和助（当時）の自宅を訪れ、直立不動の姿勢で佇んだ。

その上野に対し、「私の畑《ところ》に墜落したのも何かの縁でしょう。孫子の代まで大切に奉じます」と塚原はこういったのである。

温情のこもった塚原の言葉に上野栄の瞳から思わず涙が溢れる。その後、西岡のための石碑が完成する。彼はそれを見極めた後、満州事変に召集され、中国大陸で飛行作戦中に壮烈な戦死を遂げ、還らざる人となったのだ。

赤堀は三等兵曹、上野栄について次のように話を結ぶ。

「現在も西岡中尉の慰霊の石碑は、上野三等兵曹に塚原和助さんが約束した通り、子孫に受け継がれ、今は和助さんの曾孫《ひ》にあたる昭男さんが、阿見の都市化する農地の行く末を案じながらも、石碑の保存に心を砕いているようです」

「西岡中尉の当時は、そうだったかもしれないけど、山口の石碑はそうではないような気がするんですけど……」私は高照寺境内に佇み、山口碑を初めて詣でたのであるが、脳裏に突然、奇妙なことが浮かぶ。「山口は結婚していなかったのだが、好きな女性《ひと》はいなかったものだろうか」

飛行訓練中に殉職した山口は志半ばで斃れ、残念ながら彼の有為な人生は潰《つい》えた。京都帝国大学という最高学府で学業を修めた後、就職し、本来ならば結婚して社会の一線で活躍したものと思える。どのような理由であれ、戦争は人間の一生を破綻させる惨《むご》さと残忍さを有している。石碑の前で私はそんなことを考え、我々は赤堀の自宅へ戻ってきた。

誰が石碑を建立したのか

高照寺境内に移築された山口碑と赤堀家までの片道の所要時間は、車でほんの十数分である。

「山口が殉職した当時は太平洋戦争が勃発したばかり。今のように情報公開があるわけでもないし、第一、透明性が求められる時代ではない。こういうことも考えられる。事故原因が明らかな機体のトラブルなどが発生し、山口には明らかに瑕疵《かし》がなく、責任がなかったことなども想定できる。いずれにせよ、戦時下で山口の殉職碑だけが建立されており、その背景には何か、特別な事情があったと思われないか」

赤堀はこう述懐した後、煙草の煙を鼻腔から一気に吐き出す。そして自分の湯呑に注がれた茶をおいしそうに啜《すす》る。隣の部屋へ妻が姿を消すと、十日ほど前に山口碑を詣でた嘉本の見解について触れた。

「あの後、嘉本さんから電話をもらったんだが、土地勘のない山口要次の遺族が戦時下の阿見に来訪し、遭難地の特定や地主との交渉、石工の手配、石碑の設置、供養など、その他諸々、単独でできるものかと、大きな疑問を抱いていたよ。だから遺族の建立説を捨て、戦時下、海軍当局から個人碑の建立が忌避されていた時に建てられているとすれば、それを突破するだけの強い動機、建立を具体化する強い力があったのではないかと、彼はそう話していた」

「戦時下、個人の殉職碑の建立は、ほぼ不可能なわけですよね。『建立を具体化する強い力があったのではないか』ですか……」

「そう。山口は第八期予備学生の最初の殉職者だよな。嘉本さんの推察では、そのことが大きな動機となり、例外的に個人碑が建立されたのではないかと話していた。日米開戦劈頭《へきとう》の真珠湾奇襲攻撃で、国民は日米開戦を初めて知った。真珠湾を奇襲した海軍特別攻撃隊の活躍を契機に日米開戦の高揚感に浸る吉原地区の住民らも、飛行訓練中の事故死をそれなりに評価し、建立したものではないかと思う」

「あの地域、吉原の住民らが建立したのではないか、との説ですね」

「そういうことだ。建立時期が昭和十七年であれば、戦捷《せんしょう》気分の高揚感が個人碑建立を海軍当局に黙認させたものだと思う。それに、あの石碑が背負っている含意を解くキーワードは、何といっても山口要次が墜落死した十六年十二月九日、日米開戦の翌日ということに尽きるのではないか。嘉本さんは電話でそう強調していたよ。確かに山口の殉職日は、海軍の真珠湾特別攻撃隊の栄光の鮮やかな陰の部分、陰影として考えられなくもない」

赤堀が大きな瞳で私を正視し、嘉本の推論をこう説明したのである。

山口碑の建立者は霞空の関係者が本命で、次に墜落現場の地域住民も充分に想定できると、嘉本の見解を説明する赤堀はこの間、何本目かの煙草を口唇に咥《くわ》え、ライターで火を点けた。私も知らずしらず、山口の石碑建立にまつわる深い謎に誘いこまれたのである。

晩秋の日暮れは早い。窓辺から望む辺りが暗くなりかけていた。

「地域の住民有志による建立も確かにあり得る。このような事例もあるからな」赤堀がそう前置きしたうえで、次のように説明する。「満州事変を控えた昭和六年八月二十二日、飛行訓練中に殉職した三人の搭乗員を慰霊する忠魂碑が建立されている。墜落現場の阿見町三区の土地所有者が敬虔《けいけん》な気持ちから建立した例もあるからな。この墜落事故の一カ月後、満州事変が勃発し、搭乗員三人の殉職に満州事変と続いた事態を迎えた。そのように考えれば、あの墜落地の地権者らが、山口碑を発起したと思うのも不思議ではない」

「真珠湾を攻撃した特別隊に続く、彼ら飛行予備学生のため、住民たちは〝銃後の人間〟として何かできることはないかと考え、住民らの真摯《しんし》な熱い想いが、山口の石碑の建立となって結実した、ということでしょうか？」

そう追認し、私は赤堀に訊ねる。

「そう考えるのが自然じゃないかな。山口要次の殉職碑に刻まれた『航空殉職之地』という碑文は、確かに地域住民が建立したと考えた時、うまい具合にピタッとはまるからな。そうは思わないか」

「……」

深く考えもしないで私は大きく頷く。平成二十二年十一月の晩秋、嘉本や赤堀、それに私を含め、誰もが山口要次が搭乗した航空練習機は九三式中間練習機――赤トンボとは考えられなかった。

戦時下、この練習機はもっとも安定飛行が可能だったからである。

山口が殉職した十二月九日から三カ月後、今度は彼の同期、和田烝治と民谷廸一が艦上攻撃機に搭乗し、茨城県筑波郡福岡村（現・つくばみらい市）の原野に墜落死した。二人は実用機教程の最後の訓練段階で殉職したのだ。

後日、判ったのだが、旧福岡村にも山口碑と同じ、御影石《みかげいし》で造形された殉職碑が建立されていたのである。平成二十二年当時は、まだそんなことは想定できなかったし、不勉強にも我々は、その石碑に刻まれた主が山口の同期であるという事実も把握できていなかった。それというのも旧福岡村の村史をはじめ当時の新聞、戦記などの書籍はもちろん、その事実は〝歴史の闇〟に完全に埋もれ、まったく記録に残っていなかったからだ。

昭和十七年三月ごろは、第八期飛行科予備学生の面々は実施部隊へと配属先も決まり、実用機教程の終了間際である。この時期、南方の戦局も一挙に拡大している。

赤堀らが、山口碑とまったく同じ形をした旧福岡村の殉職碑の存在の事実を知ったのは、嘉本が初めて高照寺境内の山口碑を訪れた晩秋から一年後のことだった。その詳細については後の章に譲る。

第二章　「隠岐国」生まれの逸材

山口要次の生い立ち

嘉本隆正は山口碑を詣でた後、千葉県内の自宅に戻り、その碑に関する見解や問題意識を次のように整理してみた。

一つ、山口の事故死は、八期の予備学生初の殉職だった。そのことや真珠湾攻撃の大戦果に沸く、翌日の陰のできごとだったこともあり、同期らに強い衝撃を与えたことは間違いない。真珠湾における海軍航空士官らの活躍が華々しく伝えられれば伝えられるほど、殉職者として靖国神社に祀られない山口の立場をいつか我が身のこととして、同期らは受け止めざるを得なかった。

二つ、真珠湾に続けと命を賭して猛訓練に励んでも事故死では「悠久の大義に生きた」ことにならない。「靖国の森」で再び会うこともかなわない。訓練中の事故死という不運な死を彼ら同期は、日米開戦の緒戦の中で見詰め直したのではないか。その一方、霞空の上層部は「大艦巨砲」中心主義が支配的であっても、航空搭乗員の養成が喫緊《きっきん》の課題であることを熟知していた。そのためには今後も起こり得る飛行訓練中の殉職を手厚く、慰霊する必要を感じた。

三つ、山口らのような飛行訓練中の殉職もまた、悠久の大義に生きたのであると再認識し、靖国神社はともかく、せめて山口の殉職碑だけでも建てたいという同期の学生や、彼らを飛行指導していた第七期の士官らの要望にも一理あることを上層部が受け入れ、あまり派手にならないことを条件に個人碑の建立を黙認したのではないか……。

この時点ではまだ、真相は闇の中という感じである。

嘉本が作成した山口の家族や山口自身の人間像を探った資料がある。阿見町内の高照寺境内に移築された山口碑を参拝した後、平成二十三年一月、彼は自分の故郷でもある「隠岐島《おきのしま》」の親戚筋に連絡を取る。その親戚筋の紹介で、山口家を継いだ兵庫県西宮市在住の山口の姪にあたる山口順子の存在にたどり着く。

順子と何度か電話や書簡で連絡を取り合い、嘉本は山口家の来歴などの資料を見せてほしいと要請する。同年四月ごろ、順子が大事に保管していた山口要次の写真や手紙類を嘉本の千葉県内の自宅に届けてくれた。それらを基に彼は、「山口要次関連年表」を作成したのだ。

前章でも少し触れたように、要次の故郷は嘉本と同じ島根県隠岐郡隠岐の島町である。その島は、島根半島の沖合五十キロほど離れた日本海の荒海に浮かぶ四つの島と二百近い群島からなる。

隠岐の島といえば、浅学非才の私は現役の大相撲力士、隠岐の海（八角部屋所属）の出身地という程度の知識より持ち合わせていない。書籍に依れば、古くから群島は「隠岐国」と呼ばれ、日本古来の文化が今でもいたる所に色濃く残っているようである。山口要次が生まれた隠岐の島都万《つま》村は、隠岐の四つの島の中でも、最大の島「島後《どうご》」の南西部に位置する。島後は黒曜石の産出でも知られ、文化風土とともに今も独自の自然が残っているらしい。特に島後地区にある「西郷港」は日本海交通の要衝だったところでもあるようだ。

隠岐の島には今も、後鳥羽上皇や後醍醐天皇らが配流《はいる》された際の史跡が色濃く残る「島前《どうぜん》」

松江中学時代の山口要次

を含め、島後は隠岐の島全体の政治経済、教育、文化の中心地である。明治以降、島根県の出先機関である隠岐島司（今の隠岐支庁）が置かれるなど、西郷港の周辺は公共施設が集中する。

　要次の生まれた隠岐の都万村は全体として山の多い地域で、日本海に沈む夕日の美しい海岸沿いの稠密《ちゅうみつ》な人口を形成する釜屋という地域が、彼の生まれた集落であった。

　彼が生まれた時、西洋医の父親、作郎は山口医院を開業していた。都万村誌に収載される「隠岐国概況調書」（明治二十九年）によると、「島内で医業を開業する者は総数五十四人。半数以上は漢方医であり、西洋医はわずか二十二人に過ぎない」とある。作郎は慶応二（一八六六）年生まれで、数少ない西洋医であり、明治末ごろから大正なかばにかけ、島民の診療に従事していたとみられる。

　大正六年五月生まれの要次は、西洋医だった作郎と母親カンの次男として都万村で産声をあげたのだが、末息子の彼が生まれた翌年（大正七年）三月には、作郎が五十二歳の若さで病死している。

　残された家族は未亡人のカン（四十一歳）のほか、二男四女が残された。特に次男で末っ子の要次はまだ満一歳にもなっておらず、一家の大黒柱を亡くした山口家は医院を畳み、作郎が使用していた手術道具などの医療器具も向かいの母親の実家（神村家）に預け、県都の松江市内へ転居している。

時が過ぎ、昭和七年四月、成長した要次は島根県内の名門校、旧制松江中学校に入学する。同校は全寮制で、彼は休日のたび市内の自宅へ帰宅。大阪朝日新聞に当時連載されていた作家の吉屋信子の小説を切り抜き、要次はそれらをコヨリで綴じ、その小説を読んでいたという。

彼の松江中学時代の写真が一枚だけ遺《のこ》っている。帽子の廂《ひさし》がブサブサとなった学帽を被り、正面を正視。大きな瞳が凛《りん》と輝き、眉の太さに知性と強固な信念を貫くような意志を感じさせる。なかなかの好男子に見える。学帽や詰襟姿、憂いに満ちた顔の面影から、旧制中学時代の苦労などが想起される。また写真の裏側には、彼の自筆であると思うが、「松中五星霜の想い出のよすがにもと拙い影を贈ります」と書かれている。

京都帝国大学から海軍予備航空団へ

昭和十二年三月、松江中学を卒業し、彼は京都帝国大学（以下、京都大学）経済学部に入学する。同年七月には「蘆溝橋事件」が勃発し、日中戦争が始まるなど世相が不安定な状況となり、不穏な時代だったが、大学時代の写真も一枚遺されている。知的な面相は相変わらずだが、幾分、大人びた顔となって口元に笑みが浮かぶ。

学生服姿であるが、詰襟の徽章《きしょう》に経済（エコノミ）の「E」のバッジ。旧制中学時代と異なり、頭髪を伸ばし、大正時代の流行作家、芥川龍之介を想起させるような理知的な面影をより

京都大学に在学していた頃の山口要次

一層深く漂わせている。大学の学友にでも撮ってもらったものだろう。斜に構えた要次の容貌の右側の壁に、近くでストロボを焚《た》いて出来た影が写っている。

翌十三年二月、子供らを苦労しながら養育してきたカンが、松江市内の病院で亡くなっている。幼い時に父親と死別し、彼は今また母親を亡くした寂寥感も手伝い、何かに没頭しようと思ったのか、京都大学二年に進級した四月、琵琶湖畔の坂本村際川（現・滋賀県大津市）に所在した海軍予備航空団「大津支部」に入団したのである。

予備航空団への入団は大学の学友に誘われたものか、それとも彼自身が自らの意思で決めたものか、今となってはそれを確かめる術《すべ》も資料などもない。ただ、京都大学からは山口と同じく、同航空団「大津支部」へ入団した同期は岩本直一だけだ。

京大出身の二人は、第八期予備学生として海軍に入隊し、皮肉にも二人は人生の明暗を分ける。山口が日米開戦翌日に事故で殉職したのに対し、岩本直一は幸運にも終戦時も存命し、彼は戦後、陸上自衛隊幹部（第一ヘリコプター団長）として後進の飛行指導を担っている。

まえがきで若干触れたが、海軍予備学生制度は昭和九年十月、米国で発足していた制度を見習い、我が国でも創設された。学生の飛行機熱から派生した「学生航空連盟」が誕生し、予備学生制度が創設されたころ、この航空連盟に海洋部が新設され、それが学生海洋飛行団として十一年七月に独立、海軍の外郭団体として組織されていた。翌十二年にはこの海洋飛行団が「海軍予備航空団」と改称されている。

山口や岩本が予備航空団「大津支部」に入団当時、大阪大学二年の民谷《たみや》廸一《みちかず》、広島市出身の歌田義信（同志社高商）、京都市出身の木村正（京都薬専）、奈良県出身の福西弥一郎（同）らも同じく大津支部に入団。彼ら同期は揃《そろ》って第八期予備学生となり、霞空の講堂で行われた山口の海軍葬を取り仕切っている。

土浦空時代の山口要次
昭和16年5月

予備航空団の訓練

民谷、歌田、木村、福西、山口ら八期予備学生は全員、海軍に入隊する前、その外郭団体「予備航空団」出身であった。教育期間は約三年間で、主に土曜日の午後や日曜、祭日のほか、春、夏、冬季の休暇、平日の午後は学業に支障のない者とされ、教育は主に海軍初歩練習機（一三式水上練習機）を用いての操縦教育、飛行機整備術、航空工学、一般軍事学、軍人精神の涵養などが教官の指導によって行われた。

交通費などは半額補助とされているが、諸経費などに関し、航空団の学生らは優秀だったゆえ、実際は海軍当局による〝丸抱え〟だったと推察される。「予備学生」と一口にいっても一期から十五期までの採用基準、定数などは各期でそれぞれ異なる。特に五期から九期までの学生は前述したように海軍予備航空団出身で、当然ながら技術面の成績は優秀だった。

まえがきでも少し触れたが、霞空の分隊長だった松村平太は「訓練をはじめてみると、海軍予備航空団での基礎知識があるので、技術面でも優秀な者ばかり。操縦教育も順調に進んだ」と述懐している。八期の予備学生らは将来、海軍航空隊の中核を担うと期待されていたのである。

山口要次は十六年三月に京都大学を卒業し、半月後の四月十五日、八期四十三人は茨城県阿見に開隊した土浦空に入隊した。この内、予備航空団大津支部出身は山口をはじめ、木村正、岩本直一、歌田義信、民谷逓一ら十人を数える。土浦空での基礎教程の訓練模様などを陳述した山口の手紙のコピーが手許にある。隠岐の島都万村に在住する村上敬子から、山口の実家を継いだ山口順子がこの手紙を譲り受け、前述の嘉本が順子から譲り受けたものだ。

手紙の中で要次は、大学卒業前、民間会社の就職試験を受けたことを明かし、京都大学経済学部からは十人が志願し、彼だけが唯一合格していたことをさりげなく文中に忍ばせていた。手紙は隠岐の島の親戚、村上修一へ宛てたもので、「天長節」（昭和天皇誕生日）の祝日で、土浦空の基礎訓練が休みとなった四月二十九日の当日に書かれたものらしい。

山口要次からの手紙

便箋三枚に細い字で詳細に書かれ、彼の謙虚な人柄が彷彿と偲《しの》ばれる。重要な手紙であるゆえ、ちょっと長いが引用する。

拝啓　御無沙汰ばかりして申しわけも御座いません。京都の三年間、数々の御恩を受けながら今まで一言のご挨拶もせず、さぞ御立腹の事と思います。理由はとも角、ひとえに小生のルーズな悪癖のなせる所にて一言の言いわけの成り立つ余地も無く、唯、ひとえに深く御詫び申し上げる次第でございます。

去年の十一月、御帰国になられた由、実は正月、西宮（注・兵庫県西宮市、実兄の勝平宅＝筆者）に帰りはじめて知りました次第で、よく日を考えてみますと、丁度、十一月二十一日に嵯峨の下宿から学校付近に移りました時、嵯峨の方へおいでになった具合であったらしいのです。あれ程、ちょくちょく御邪魔しておりましたし、御見送りもせず御帰国されたと聞きました時は非常に残念に思いました。

「正月御叮嚀に」また、御親切な御手紙を頂きながら、これ又失礼してしまいどう申してよいやら、御詫びの仕様も無い程でございます。卒業試験にて毎日、図書館にとぢこもり四苦八苦の真最中でございました。御陰様で三月三十一日、京大経済学部を卒業して大きな学士合格証書を貰った時は、まづかけつけて喜んで貰う家が無くなってしまっておるのを、全く心から残念に存じました。一年のまだやっと角帽をかぶった時代からよく卒業の時の事など、御話しておりましたので、嗚呼折角おいでになったらなあと、心の底からため息の出るのを、どうする事もできませんでした。

就職の方はすぐ兵隊ですので帰ってからにしようかとも思いましたが、一応するだけはと、十二月初め、台湾電力株式会社の方に採用と決定。此の会社は日本発送電力株式会社同様、半官半民の国策会社で台湾の重工業化の為に群小電力会社を合併したものです。京大経済学部からは十人志望しました所、小生一人採用となりました。外に法学部一人、東大法学部から一人でした。

尤《もっと》も就職は一日もせず、当航空隊に入隊（四月十五日）、毎日、陸軍同様、オイチニ、オイチニをやって、さんざん鍛えられております。此の生活は三ヶ月で終了。それから霞ヶ浦航空隊にて五ヶ月中間練習機をやり、後四ヶ月九七式艦上攻撃機を練習予定。

九七式というのは現在の所、最新式の飛行機です。此処の三ヶ月が一番つらいので、何しろフラフラになるまでやり、更に軍制学、航空術、通信術、水雷術等々、海軍兵学校で三ヶ年かかってやるのを僅か三ヶ月でやってしまうので物凄く忙しい生活です。今日は天長節で休みになり、やれやれと一息ついております。

来ているのは皆大学専門学校出身の者四十四名で、その内、帝大出身が九名おり、東大が五人、京大二人、北大一人、阪大一人です。皆フーフー言って暮らしておりますけど、小生割合、平気で幸い元気百パーセント頑張っております。此処も一切の娑婆気を去ってしまうと、さっぱりして痛快な生活でもあります。
所で、国の方の生活はいかがでございますやら、親類の方らの御様子は如何でございますやらと思っております。卒業報告に一度帰国したいと思っておりましたけど、色々と雑事にとらわれて遂に出来ず心残りでした。兵役中、休暇がありますので是非一度帰りたいと思います。末筆ながら、その子様は其の後、御様子如何でございますやら、又、御叔母様に呉々も宜敷くお伝え下さい。では御身体を御大切に。

手紙にあるように、八期予備学生は当初、四十四人の入隊であったが、一人は途中除隊している。彼らは、高学歴でみな優秀な頭脳の持ち主と見受けられる。親戚の村上修一は京都市内で一時、当時としては先端の職業、自動車整備工場を経営していた。羽振りもよかったように推察され、それこそ苦学生だった山口要次に限らず、隠岐の島出身で京都在住の学生は多分、村上一家に夕飯をご馳走になるなど、物心両面で世話になったものと考えられる。

心優しき青年

京都大学時代の山口を語るもう一つのエピソードがある。彼はある時、村上一家と芝居見物に出かけている。彼らは料金の安い立ち見席で芝居を観ていたら、背の低い村上の小母は前の観客の姿が邪魔で、よく芝居が観えない。彼女は背伸びをし、わずかな隙間《すきま》を探し、芝居を観ていた。

それをいち早く察した要次が「おばさん、オレの足の上に乗れ」という。

「下駄だけん、そげなことはできん」

そのように断る小母。

「下駄のままでいいから、さァ早く、オレの足の上に乗れ」と何度も促す要次。

戦後になり、村上の小母は殉職した山口を振り返り、「要次さんはそげな優しい子だったけん……」と語っている。

村上修一に宛てた手紙にあるように要次は、一切の娑婆気《しゃばけ》を取り除き、十六年七月十一日に土浦空での基礎教育を終え、彼ら八期全員は翌日、霞空に転隊した。司令の千田貞敏をはじめ飛行長や飛行隊長、分隊長のもとで主に第七期の先輩が教官を務め、八期の彼らは飛行訓練に明け暮れた。

優秀なパイロット

四人一組になって赤トンボ――九三式中練の教程による訓練は同年十二月中旬まで続いた。しかし、前述したように山口要次は十二月九日午後二時三十五分ごろ、この教程の最後の段階となる「背面特殊飛行」（スタント）の訓練中、操縦した飛行機が不幸にも墜落したのだ。山口要次、享年二十五。
スタントとは宙返り、横転、失速反転、キリモミなど曲芸飛行のこと。当時の殉職は搭乗員の「技量未熟」という単純な一言で退けられ、原因を詳しく探査、検証するでもなく、本人の

九三式中間練習機
オレンジ色の機体塗色から“赤トンボ”と呼ばれた

不始末として一括処理されていた。第十三期飛行専修予備学生だった土方敏夫が著した『海軍予備学生　零戦空戦記』（光人社刊、平成十六年九月発行）の中で、土方はこう述懐している。

「九三式陸上中間練習機というのは非常によくできた練習機で、スポーツとして飛ぶなら、これほど良い飛行機はないと今でも思っている。スタントは何でもできるし、とくに二枚翼で羽布張りの機体は手作りの感じであるし、上半身が空中に晒されているのも、飛んでいるという実感が迫ってくる」

　予備航空団出身で操縦技術も優れていた山口要次が九三式中練で、特殊飛行とはいえ技量未熟で墜落したというのはあながち信じられない。ただ、今となってはそれを確認、検証する手立てはない。

　彼が墜落した当日、霞空の司令、千田貞敏の名前で山口の長兄、勝平宛てに電報が届けられている。墜落現場は、阿見町吉原地区の福田工業団地内の「キヤノン阿見事業所」近く。その調整池付近とみられている。飛行機が墜落する直前、爆発音を発していたという証言がある。六歳の少年（当時）、日暮美夫（昭和十年四月生まれ）が祖母と実際、山口の墜落機を目撃している。前述の赤堀好夫が目撃者の日暮の存在を突き止めたのは、ほんのちょっとした話、それこそ「爺さんの立ち話」のようなものだった。

赤堀ら調査委員は「予科練平和記念館」で週一回、会合を開いている。同じく調査委員で元教諭の戸張礼記（第十四期甲種予科練生）のかつての教え子、鳥居ひろ子が叔母の小池八百子《やおこ》と一緒に記念館に見学に訪れた時のことである。

鳥居ら二人が訪れた日時——平成二十三年八月三十一日は、赤堀が自分の日記にその日付と二人の供述内容を記載していた。彼女らは山口要次が墜落した同町吉原地区の近くの福田地区の生まれ。戸張と彼女らが互いに久し振りと、挨拶を交わしている脇に佇み、赤堀が何気なく、鳥居ひろ子ら二人に訊ねる。

「福田地区の生まれなら、海軍の兵隊さんが昔、墜落したことを覚えていますか？」

「あァ、それは今でも覚えておりますよ。私の小学生時代のことで、近くで起きた大惨事だったもんですから。だから覚えております。確か墜落した次の日だと思いますが、私は学校の帰り、土手に駈けあがって、その現場を見に行きました。付近の樹木が、まだ燻《くす》ぶっていました。当時、福田集落では墜落した時、かなり早く駈けつけたのが、日暮さんという、私と同年代の少年という評判だった」

小池八百子はこう赤堀に答えたのである。

「日暮さん……その人はまだ、ご健在ですか？」

「きっと元気なはずです。その時のことを日暮さんに聞けば、何かわかると思います」

墜落の目撃証言

こうした些細な経緯で、赤堀は当日の墜落機の目撃者、日暮美夫を探しあてた。小池八百子から目撃者所在の情報を得た赤堀はその二週間後、千葉県の嘉本を誘い、二人は日暮の自宅を訪ねたのである。

山口が搭乗した赤トンボが墜落した時、少年の日暮美夫は祖母と自宅近くの畑付近にいた。上空を二枚翼の飛行機が飛んでいた。突然、雷のようなボンという大きな音が上空で響いたのである。その方向を見ると、二枚翼の飛行機が真っ逆さまになり、すぐキリモミ状態となって墜落したという。

「その飛行機は篭屋（屋号）の篠崎さんの家の裏側辺りに落ちたので、急いで私は、その墜落現場付近に走って行ったんです」

「墜落現場には、他の住民の人たちはいませんでしたか？」

赤堀がそう、日暮に畳みかける。

「現場には篭屋のおばあちゃんが一人いただけで、駈けつけた私は二番目だった。墜落機は大木をなぎ倒し、機体はバラバラ。翼と胴体の間にチェーンがぶら下がっていたのを妙に鮮明に覚えています」

「これは大事なことなんですが、搭乗員は一人いただけですね」

赤堀が慎重な物言いで確認する。

「そのようです。後で聞いたことなんですが、午前中は上官と同乗し、午後に一人で乗ったと聞きました。墜落した時は、確かに搭乗員は一人だけだった。それは間違いありません」

山口要次が搭乗した赤トンボが墜落した当日の夕方、日暮美夫が住んでいた墜落現場の吉原地区は大雨であった。

「夕食を摂《と》っていると、降雨の中をオイチニ、オイチニという号令をかけながら、自宅裏の小道を通る兵隊さんの声が外から聞こえました」

大雨の中で屋外から聞こえた兵士の号令は、墜落現場から霞空の軍用トラックまで遭難機の残骸を運び出す作業の号令とみられる。日暮少年が雷のようなボンという異音を発したと振返るように、山口が搭乗した九三式中間練習機はかなり酷使されていた練習機だった。

遭難機の残骸写真

赤堀は墜落原因について「飛行中にシリンダーが爆発したのではないか」と疑惑を口にし、次のように推察する。

「山口の搭乗した練習機は背面飛行の訓練中で、背面になった時には燃料をふかさない。機を立て直す時に燃料をふかす。異音は機を立て直そうとふかした時、異常燃焼が起き、シリンダーが爆発した可能性がある。あるいはオイルの圧力低下によるシリンダーの破壊なども考えられる。その事故の遠因となったのは訓練機の度重なる酷使が、最大の要因ではないのかな」

　その一方で、赤堀は学生自身の気の緩みにも目を向けた。

「第八期予備学生たちは、大学在学中に予備航空団に入団し、かなりの基礎知識を有していた。山口もそれは同じ。海軍入隊後、赤トンボの練習機の教程に移っても、彼らの技量は抜群だったと思える。しかし、考えようによっては、己の技量を過信し、また同期生全体にそのような気の緩みというか、過信が蔓延していたとすれば、極めて残念なことだけどな」

　墜落原因を確定することは、今となっては不可能である。いずれにせよ山口要次が搭乗した墜落機は現場から航空隊内へ運び込まれた。その遭難機の生々しい写真が今も残っている。山口の同期、和田烝治の愛用していたカメラに残っていたのである。山口の姪、山口順子から嘉本宛てに遭難機の残骸が写っている写真などが送られてきた時、嘉本は驚愕したという。

「海軍当局が遭難機を撮影するのには、何の不思議もない。しかし、軍事機密であるはずの写真が、きちんと遺族の手に渡っていることに驚いた」

　嘉本が驚いたように遭難機の残骸写真が、どういう経緯で遺族の手に渡ったのであろうか、疑問が生じる。和田烝治が第八期の「写真報道係」とみることもできるが、そうであれば、彼のカメラに収められたフィルムはすぐに現像され、その写真は軍事機密として海軍当局によって押収されるはず。ただ和田も、山口が殉職した三カ月後にこれまた殉職していた。

　和田の遺品であるカメラに収められたフィルムは、実は彼の家族によって発見され、現像さ

山口要次の遭難機を点検する同期たち
霞空の構内　ツエッペリン格納庫付近

れたのである。幼い時に父親を亡くし、苦学生だった山口要次とは異なり、和田の父親は戦前の財閥系商事会社に勤め、烝治は裕福な家庭に育っていた。

学生時代の和田烝治は多趣味で、山を愛し、山岳部にも所属している。愛用のカメラを所持し、趣味で写真を撮るのも好きだった。ただ、個人的な趣味だからといって海軍という規律の厳しい組織に所属する者が戦時下、遭難機の残骸場面を撮ることが許されたものだろうか……。

確かに不思議な気もするが、前掲書『海軍予備学生　零戦空戦記』（土方敏夫著）の中に、その疑問を解くカギが記載されていた。

「パイロットには、写真の技術も必要である。従ってお前たちの中で写真機を持っているものは、隊内で使用することを許可する」と土方は当時の分隊長にこういわれたという。

霞空の東京分遣隊（羽田）で、土方は中練教程の飛行訓練を修めている。分隊長は予備学生の先輩、大尉の須賀芳郎で、「お前たちは、学生であることを忘れるな。読みたい本があれば自由に隊内に持ち込み、読んでよろしい」と許可を得たとある。土浦空での基礎教程では私物の本などは一切禁止だったゆえに、土方ら予備学生は「一同夢ではないかと喜んだ」とも綴《つづ》っている。

分隊長によっては、カメラを隊内で使用することを許可した上官もいた。和田烝治が撮影した写真には、海軍葬の葬儀会場や山口要次の遺族らと同期の有志らが一緒に並んだ写真もある。山口の海軍葬を実質的に差配し、霞空の首脳部らを下支えしたのは当時、第八期の学生長を務めた石岡敏靖をはじめ同期の面々だ。

海軍葬

山口の両親はすでに死亡し、この海軍葬には遺族側から姉の奥井ミヤ子夫婦、やはり姉の山口クニ子、長兄の山口勝平は当時、商船に乗っており、参列困難のため勝平の妻、登美子が夫の代理で参列していた。

海軍葬は、要次が殉職した二日後の十二月十一日に行われていた。遺体は荼毘《だび》に付され、白木の箱に遺骨が納められ、第七期の先輩や山口と同期の者らがそれぞれ役割を分担し、海軍葬の準備をしている。学生長の石岡が全般を総括し、遺族係を担当したのは要次をよく知る同期生と考えられる。同期らは隊内の主計科から茶菓子などを受け取り、遺族の接待にあたったのだ。

突然の墜落事故の知らせで、遺族はことの顚末が解らずに駆けつけ、事故を詳しく説明してほしいと何度も懇願したと思われる。遺族に応対した同期らはきっと、困惑したに違いない。

「山口学生の墜落の原因は目下、調査中ですから……」と言葉を濁すより、ほかはなかったののではないか。奥井ミヤ子夫婦をはじめ他の姉らも、沈痛《ちんつう》な気持ちを隠せなかった。

戦時下の世相として戦死は、軍人の「最高の誉《ほま》れ」であるのに対し、前述のように飛行機事故などによる殉職は、理不尽にも技量未熟として本人の「不始末」と一括処理され、遺族は理由がどうあれ、痛恨はもちろんあるだろうが、言いようのない不名誉を感じたに違いない。かけがえのない最愛の肉親を亡くした悲しさに加え、その恥辱にひたすら耐え忍ぶよりなかった。

海軍葬はこの日、霞空の数ある講堂の一つで厳粛に行われている。講堂内の壁に黒白の幕を張り巡らし、大きな軍艦旗が掲げられている。正面の祭壇に山口の遺骨と遺影が飾られ、山口の戒名が記された卒塔婆《そとば》が参列者に何かを訴えるような感じである。祭壇の華には司令、第二飛行隊長、第四分隊長、准士官や下士官兵、第八期同期生一同、横須賀鎮守府令長官、第十一連合航空隊司令官らの名前が見える。

霞空の司令、千田貞敏をはじめ首脳幹部、士官や同期らが参列し、やや遅れて山口の遺族らが着席。弔辞は司令を皮切りに飛行隊長、分隊長らが続く。学生長の石岡が同期を代表し、弔辞を述べ、遭難現場の〝軍事機密〟を撮影していた同期の和田烝治は、この葬儀の模様も愛用のカメラで何枚か撮っていた。

海軍葬の礼式曲「水漬《みず》く屍《かばね》」が吹奏された後、講堂の玄関付近に整列した衛兵が、師走の冬空に向け、弔砲を発する。空砲の轟音《ごうおん》は講堂内部にも物悲しく響き、遺族にとっては胸に迫る轟音といえた。

葬儀が一通り終わり、参列した遺族と山口の同期有志が整列し、講堂前で記念写真を撮っている。カメラのレンズに収まったのは、予備航空団大津支部から一緒に入隊した民谷廸一や歌田義信、木村正、福西弥一郎、岩本直一、杉本光美ら十人と、学生長である石岡の計十一人である。

その後、奥井ミヤ子ら遺族は霞空の総員が隊門までの道路沿いに整列した中を衛兵の「捧げ銃」の礼を受けながら、「葬送行進曲」のラッパの調べに送られて隊門を後にした。

墜落機の残骸写真や海軍葬の写真は、大阪市内に住む和田の父親、健三が大事に所持していた。昭和十七年四月ごろ、和田健三が奥井ミヤ子へ息子が撮影した海軍葬での集合写真などを贈っていた。彼女は当時、夫である奥井廉の仕事の関係で兵庫県姫路市内の官舎に住んでいた。第八期予備学生の家族同士、互いに手紙のやりとりもあったので、遺族同士はかなりの交流があったようである。

山口要次の海軍葬

海軍葬に出席した遺族四人と、山口の同期十一人の戦友が写った写真の一枚は同県西宮市内に住む山口の姪、山口順子が今日まで大事に保管していた。山口勝平、登美子を両親に持つ順子が山口家を継ぎ、彼女は叔母、奥井ミヤ子が亡くなった後、遺品を整理していて海軍葬での集合写真を発見したのだ。

第三章　もう一つの殉職碑

歴史調査委員に寄せられた情報

平成二十三年六月――。同年三月に発生した東日本大震災後の余震は六月になっても断続的に続いていた。そんな時期、阿見町の歴史調査委員らに、ある情報が寄せられた。

「戦時中に飛行機が墜落し、搭乗員二人が死亡。その現場に石碑があるので現地に一度、調査に来られたし」

茨城県つくばみらい市（旧福岡村）にも殉職碑のような石碑が建立されているという主旨の連絡が入ったのである。しかし、調査委員らは自分たちの計画に従い優先的な調査もあり、言葉は悪いが、この情報には手をつけず暫《しばら》くの間、放置していた。

元自衛官の赤堀好夫や井元潔、元小学校教諭の戸張礼記ら調査委員は当初、旧福岡村の情報をそれほど重要視していなかった。茨城県内には戦没者の石碑は数多《あまた》あったこともあるが、調査委員らは山口碑との関連をまったく予想もしなかったからである。実は、この情報が寄せられる数日前、彼らが県内の航空墜落地などを調べているという記事が読売新聞の茨城版の囲み記事として載る。それを読んだ旧谷和原村（現・つくばみらい市）在住の元役場職員、飯泉彰からの情報であった。

その情報から、四カ月後の十月中旬、前述したように山口要次《やまぐちようじ》の足取りを追跡していた嘉本隆正から、赤堀好夫のもとへ連絡が入る。嘉本は、あの破綻した「山一證券」の常務取締役まで昇りつめた人物。彼は退職後、山口碑の建立者を特定するため執念のような粘り腰で、霞空の海軍葬などの写真を撮った和田烝治《わだじょうじ》の遺族を突き止めていた。

「殉職した和田（烝治）さんの石碑が、茨城県福岡村（現・つくばみらい市）にあるようです。和田さんの末弟の秀雄さんが、そのように話していました」

嘉本は戦時下の和田家の住所から、大阪府内に在住する烝治の末弟や和田家を継いだ甥の存在にたどり着いたのである。山口の足跡に執念を燃やす嘉本の内的動機を知りたくて私は既述したように彼の自宅に伺う。

第一章でも触れたが、嘉本が山口の遠縁であることや彼の長兄、廣俊の長年の疑問である山口の殉職の事情を解明しようと思ったことなど、赤堀から幾らかは聞いていたのであるが、嘉本から直接聴きたいと思った。

「阿見には無縁な、隠岐出身の予備学生、山口要次の碑が霞ヶ浦を望む阿見の地に今も現存していることに新鮮な驚きがありました。また、戦時下に建立されたという『碑』が、今も遺されていることについて地元の方々の協力があったのではないかと想像できました。例えば、隠岐にも日本海海戦のときの露国軍人の墓、十字架の碑があります。今も地元住民によって、代々守られていることが脳裏にあったからです。阿見とは無縁な山口碑が、どのように地元で守られてきたのかを強く知りたいと意識したのが、私の内的な衝動みたいなものです」

嘉本の口から直接こう説明された。これらの内的衝動に突き動かされ、好奇心旺盛な生来の粘り強さも加わり、彼は和田烝治の遺族の現住所を特定し、遺族のもとに何回となく電話をし、書簡を出し、「茨城県福岡村に和田の石碑がある」との情報を得たのだ。

彼から連絡を受けた赤堀好夫の〝触覚〟も反応する。四カ月前に情報を寄せてくれた元役場職員、飯泉彰からの情報と、嘉本の話が瞬時に交錯し、合致したのである。深く、もやっていた霧が晴れたような、不確かな不明瞭な点が、確かな線となってつながった瞬間だった。

両者の話が重なり、赤堀の脳裏の底に眠っていた記憶が呼び戻された感じである。

「これは多分、間違いない」

山口と同期の二人の墜落

山口要次と同期の和田烝治、民谷《たみや》廸一《みちかず》の二人も昭和十七年三月十日、茨城県内で航空殉職している。赤堀はその事実を想い起こし、手許にある白鷗遺族会が編纂した『雲ながるる果てに――戦没海軍飛行予備学生の手記』（平成七年六月発行）に目を通す。

この書籍の巻末付表には、和田烝治と民谷廸一の二人の氏名や戦没方面、出身地などが記載されている。ただ、民谷と和田では戦没地、いわゆる殉職地が異なっている。和田の戦没地は、山口と同じ「霞空」となっており、民谷は「茨城」と書かれている。

赤堀に情報を寄こしてくれた飯泉彰の弁を借りれば、「搭乗員二人は同じ場所で戦没したようです」という。その事実に即して考えれば、この書籍の付表は明らかに誤謬《ごびゅう》となる。多分、遺族の情報をもとに戦後、旧厚生省などの戦没者名簿などを参考に作成したものと考えられた。

書籍の「海軍飛行予備学生生徒戦没者名簿」と記載されたページの裏頁をめくると、「できるだけ正確を期したつもりですが、なにぶんとも多人数ですので、万一誤りのありましたおり

土浦空時代の和田烝治
昭和16年5月

民谷廼一

は会宛御通知下さい」と但し書がある。この時点で赤堀の手許には、『海軍予備学生・生徒』（国書刊行会、編著・小池猪一、昭和六十一年三月発行）の書籍やコピーなどの資料は残念ながらなく、『雲ながるる果てに』に記載されている戦没者名簿で確認していただけである。

後日、判ったことだが、国書刊行会の書籍には八期の戦没者、民谷と和田は同じ機種「艦攻」（艦上攻撃機）で、同じ戦没地として記載されていた。その点は脇に置き、赤堀の直感は結果的に当たる。

民谷らの殉職地は何らかの誤植と考えられ、とにかく飯泉彰が連絡を寄こした現地へ行けば、手掛かりになるものがあるだろうと、旧福岡村の石碑を訪ねることを決め、他の調査委員らにも働きかけた。同時に赤堀は千葉県内に住む嘉本にも声をかけ、旧福岡村の現地調査へ誘った。

謎の石碑のもとへ

平成二十三年十月二十八日、赤堀ら調査委員の一行は、つくばみらい市の謎の石碑探訪へと赴く。嘉本が阿見町福田の高照寺の境内に移築された山口碑を初めて参拝した晩秋から、ほぼ一年の月日が経過していた。彼ら一行は当日、同市谷和原支所で、地元の情報を寄せてくれた飯泉彰と合流。飯泉は石碑の近くの旧十和村（現・つくばみらい市）に住む羽生恵洋を同伴していた。

飯泉は簡単な挨拶を兼ね、こう雑駁《ざっぱく》な説明をする。

「昭和十六、七年ころ、栃木県方面から飛来してきた飛行機が旧十和村の付近で墜落し、その飛行機の二人の搭乗員が死亡したようです。私が聞いているのは、この程度です。どういう経緯により石碑が建立されたのか、誰を祀った石碑なのかも、残念ながら詳しいことは全く知りません。とにかく石碑は今も建っています。墜落した当日はこの辺り一面、かなり霧が深かったようです」

谷和原支所で合流した一行は、旧福岡村に建立されている未知なる石碑へと向かった。つくばみらい市内の広々とした畑などの連なる田園地帯を縫うように、赤堀や戸張、嘉本らを乗せたマイクロバスを自分の車で先導し、案内したのが墜落現場の近くに住む羽生恵洋だった。

福岡村と十和村の両旧村は地繋がりに隣接し、謎の石碑は両旧村の境界付近に建っていた。遠くに霊峰「筑波山」が眺望でき、調査委員らと嘉本は平坦な畑などが繋がる旧福岡村を初めて訪れたのである。辺り一面が広大で、赤堀らはその景色に驚いた。車窓から畑を区切る畝《うね》が細く、点線のように浮かぶ。

　人間の背丈よりやや低い建碑がようやく、畑地の中に佇んでいるのが幹線の農道から見えた。農道脇の引き込み道路の空き地にマイクロバスを駐車し、一行は畑の細い畝の雑草を踏みしめ、目的の石碑にようやくたどり着く。石碑には鮮明な字で「航空殉職之地」という碑文が揮毫されていた。

山口碑との共通点

調査委員や嘉本らはその碑文を眺め、妙な感慨を抱く。不思議な気持ちが生じていたという。碑文とその字体の特徴は、驚くことに高照寺境内に移築されている山口碑とまったく同じだったからで、表側の碑文は確かに判読できるが、裏側に刻まれた文字は容易に読めない。長い歳月、風雨に晒され、文字が判読できないのだ。石碑の高さや翼の形を模した碑の特徴は山口碑と同じに見えた。

「この石碑のほうが、山口の殉職碑より幅面が五センチほど広いな」

　巻き尺（メジャー）を片手に器用に石碑を計測していた嘉本が、こう他の者に説明するような口調で言う。

　嘉本は隠岐の島に帰省した折り、村に一基だけ残っていたという「流人の墓」を探したことがあった。また、明治百年記念事業で都万村が建立した「忠魂碑」の写真を撮りに行ったこともある。私は後日、そのことを嘉本から聞かされ、やはり彼は歴史的な石造物に興味を抱いて

茨城県つくばみらい市の畑に建立されている和田、民谷両学生の殉職碑の表面

いるのだなと納得した。

「残念ながら、これでは殉職した者の名前は判読できない。ただ、和田と民谷の名前が刻まれた可能性が非常に高いように感じる。二人の名前を彫る分だけ、幅面を広くする必要があったのではないか」

「多分、そうだと思う。あちらの石碑より劣化が激しいのは、建立された場所と、雨風など気候環境も若干、影響しているのかもしれない」

　調査委員の一人、井元潔がそう応じる。

「確かにこの碑には直接、横なぐりの雨や風があたる。近くに自然林などもないし、地形的にも風雨から防ぐものがない。この地帯の気象などの影響で文字が崩れたのかもしれないなァ。それに二人分の名前を刻まなければならなかったため、文字数が多くなった分、刻む文字も細く浅かったので、風雨に晒され、裏面の文字が損傷したんだろうな」

　元教諭の戸張礼記も同調する。

　山口碑と同じ碑文、御影石の材質、翼の形を模した形状、高さなどが同じなことから、阿見町歴史調査委員の面々と嘉本らは、山口要次と同期の和田、民谷の殉職碑であると、確信できたのであるが、肝心の殉職者の文字が消えているため絶対にそうだという確証はない。

それと同時に「いったい誰が、この石碑の建立を発起したものだろうか」という新たな疑問が生じていた。

石碑に刻まれた和歌

赤堀からその日の旧福岡村の殉職碑訪問を聞き、私も遅まきながら数日後、現地を訪れてみた。確かに彼らと同じような感想を抱いた。高照寺境内に移築された山口碑と同じ高さで、翼の形を模していたのに驚かされたのも事実である。

山口碑を例にとれば、この石碑の裏面にも事故当日の年月日、それに殉職者名や肩書などが刻まれていると想定できる。多分、この碑の〝主〟はやはり、彼らが確信したように民谷と和田であろうと、私もそのような印象を強く抱いた。

石碑の幅を山口碑より幾分広くし、二人の名前を刻まなければならなかったという単純な理由もあるが、真相はそれだけにとどまらなかった。後日判明したことであったが、幅を広くしなければならない必然性があったのである。石碑には清冽な和歌《うた》が刻まれていた。調査委員らも含め、そのようなことは当時、露ほども想像できなかったのである。

調査委員らが現場に赴いた当日、私も赤堀から誘いを受けていたのだが、何故か、気乗りがしないので断っている。それには理由があった。その当時、私事になるが、かなり精神的に落ち込んでいた。六月の月旦、自宅近くの病院で大正六年二月生まれの母親が病死し、私は不甲斐ないことに、その痛手から完全には立ち直っていなかった。私のそんな変調に気付いたから気分転換になると考え、赤堀は自閉的な傾向にある私を元気付けに誘ってくれたものと思う。彼の他人《ひと》を思う優しさと心遣いであるのだが、当の本人には気が重かった。

私の母も第八期予備学生らと同世代の「大正人」である。病院で母親の最期を看取《みと》り、翌々日、土浦市内の火葬場で、母親の遺体を荼毘《だび》に付した。その遺骨を抱え、悲しみを堪えながら父親や先祖の眠る秋田市内の菩提寺へ埋骨するため、私は自分の生まれ故郷へ久しぶりに帰省した。

赤堀から誘われた時、母親が亡くなってからすでに四カ月も経っていたのだが、喪失感に侵されていた私はそのころ、何もする気がなく、自宅で無為な生活を送っていた。ただ、日々の晩酌の量だけは確実に増えていたのも確か。赤堀から電話で、旧福岡村の石碑を視察した際の驚きの感想を聞き、私は鬱屈していた心中が、何かに突き動かされるように胎動するのを感じた。

それは「母の死」との決別の転機でもあった。彼らに遅れること数日、旧福岡村の殉職碑を初めて詣《もう》でた。広い畑が連なる平野の片隅に建立された石碑の前に佇み、なぜかは知らぬが、自分の瞳から涙が溢れ、頬を濡らす。暫くそこに佇み、碑の前から離れられなかった。

幼かった自分が、母親に時計の読み方などを教えてもらった想い出などが突然、脳裏に去来する。故郷で独居生活をしていた母親に認知症初期の兆候が認められ、彼女が慣れ親しんだ故郷から、私はそれこそ根こそぎ剝《は》ぎ取るように母親を土浦の自宅に引き取った。

母親の晩年にいたる約十年、彼女は私と暮らした。それが母親にとって幸せだったのか、彼女が亡くなった後も自問自答している。今でもそれが気になっている。母親を引き取った当時、私にも妻や娘がいた。間もなく、妻と離婚し、娘は妻が引き取り、私は母親と二人暮らしとなった。土浦市内で、母親には私以外の肉親や親戚もおらず、周囲に知り合いも気軽に話をする相手もいない。

新聞記者の私は日中、仕事で方々駈けずり回り、自宅に残された母親は庭の草木を相手に故郷の秋田へ想いを巡らしていたものと思う。大正六年生まれの母親を引き取る際、まさか、自分が妻と離婚するなど予想もしていなかった。私と二人で暮らした晩年は果たして幸せだったものか――。

石碑の前に佇み、私は合掌しながら心の中でそんな問答を繰り返していた。そのような私的な事情もあり、この地に墜落死した者らの遺族の慟哭《どうこく》や悲憤とはかなり異なるが、肉親への敬慕を断ち切れない石碑に思えた。

殉職碑の裏面　和歌が刻まれている
昭和 18 年 10 月建立

和田や民谷の名前のほか、石碑には墜落日時である死亡日などが当然刻まれているはず。裏側の石面の劣化が激しく、二つの碑の相違だけが気になり、石碑の裏に実際は和歌が刻まれていた事実など、私は夢にも思わず、何とか石碑の文字を読み取ろうと試みたが、裏側に刻まれた文字を判読することは出来なかった。

石碑の土地所有者

福岡村は隣接周辺の十和村、谷原村、小絹村の旧三村と合併し、「谷和原村」（旧村）となり、この旧村も平成の大合併で旧伊奈町と合併し、新市「つくばみらい」が誕生したのである。先述したように石碑は旧福岡と旧十和両村の境界近くの広大な畑の中にポツンと建っている。持参したデジカメで石碑の前後、左右の写真を撮り、その場を後にした。

この日、私は目的の石碑までの道すがら何度か途中で、農作業をしている地域住民に石碑の所在地と土地の所有者を訊ねた。石碑の土地所有者は「ナカジマセンキチという人らしい」と赤堀から教えられていた。赤堀にその情報を伝えたのが嘉本である。殉職した和田烝治の大阪市内に住む遺族を探しあてた嘉本は、烝治の末弟から土地所有者の名前を聞きだしていた。

石碑の現場から数百メートルほど離れた所に旧福岡村の南集落がある。取材のもう一つの目的、石碑が建立された土地の地権者について農作業をしている地域住民の何人かに訊いてまわる。「ナカジマセンキチ」という名前で訊ねても、要領を得ない。「あそこに建立されている石碑の土地所有者は誰ですか？」と訊ねると、今の地権者の名前「ナカジマシンドウ」であることが判明した。

南集落の道路は狭く、各家が入り組んでいる。垣根や塀に囲まれ、乗用車が交差できない個所も数多くある。集落を車でゆっくりと一回りした後、空き地に車を停め、今度は歩いて捜しまわる。取材のための〝地取り〟は慣れている。何軒かの家の玄関や門柱を見て探し歩く。ある家の門柱に「中島」とある。玄関のブザーを鳴らす。二十歳前後の若い女性が姿を現す。

「中島センキチさんって方、知りませんか。いや、その息子さんと思えるのですが、中島シンドウさん、この集落に住んでいるはずなんですが、知りませんか。もう、二人とも亡くなっている人かもしれませんが」

「さァ、あまり聞かない名前だけど、うちではありません」

「どうした？」と居間の方から声がする。

「お爺ちゃん、中島シンドウさんって方、知ってる？」

女性が振り返り、居間の方に声をかける。

「臣道さんの家なら、その前の道路をもう少し行ったところだ」

「ご健在でしょうか？」と私は内心、ホッとした気の緩みから口に出さなくてもよいことを口走っていた。

「まだ、死ぬような年齢《とし》じゃないよ。俺よりもずっと歳下で元気だ。その前の道路を行くと、二本目の交差する細い道路に突き当たるので、その細い道路を右折し、そこから三軒目を左に曲がると……」

「シンドウさんの家ですね」

説明された道順に従い、歩を進める。何度か道を間違い、道路端を歩いている人に訊ねる始末。ようやく目的の中島家にたどり着く。「シンドウさん」というのは、農業と造園業を営んでいる中島臣道のことで、中島家の勝手口が事務室兼応接室になっている。彼はこの日、幸運にもイスに腰掛け、テレビドラマの再放送を観ていた。

「あの石碑の土地所有者と聞いたんですが」

「あんた、不動産屋か？」と、きつい顔で睨められる。

「いや、そうではありません。あの航空殉職碑のことを調べている者です」

私のラフな着衣風体から決して不動産関係の営業マンには見えないはずだがと、自分でも不審に思いながら取り敢えず自分の名刺を差し出す。

「元新聞記者か……ところで今ごろ、何であの石碑のことを調べているんだ？」

臣道が率直に訊ねる。

「あの碑がどういう経緯で建立されたものか、誰が発起したものなのかなど、よくわからないものですから」

「それは俺も解《わか》んないな。俺の爺さんの時代のことだから。何でも石碑を建立するため、爺さんも随分と協力したという話だ。詳しいことは何もわからない」

和田と民谷がこの地に墜落し、航空殉職したのが昭和十七年三月十日。臣道はその前年の三月生まれという。彼は当年で七十歳となる。

「父親ではなく、あなたのお爺さんですか？」

「祖父は千吉というんだが、俺が生まれた翌年、あの場所に海軍の飛行機が墜落し、二人の搭乗員が即死したと、両親からは聞いている。何でも墜落した時、あまりにも大きな音がしたもんで、畑に向かって牛荷車を曳いていた村人が、慌てて牛舎に牛を戻そうとして家の玄関に曳きこんだらしいよ。本当かどうかは知らんが」と笑顔を浮かべる。

「そうでしょうね。空から金属の塊が落ちてきたんですから、その村人が驚いたのも無理はないですね」

「あの碑を建立する際、爺さんがいろいろと手助けをしたという話だが、詳しいことは何もわからん。それにだいぶ昔のことなんで、資料なんてものは特にないなァ」

「祖父の千吉さんのお写真とか、ありませんか。千吉さんは何時ごろ亡くなったものでしょうか？」

「数年前、つくば市内の研究所の庭を造園中に木から落ち、腰を打ったもんで」

臣道は弁解口調で、こちらが聞きもしないことを口にした後、ヨイショとイスから腰を浮かす。上がり框《かまち》から座敷の縁側に消えた。

間もなく彼は仏間から持って来たものか、祖父の位牌を持参した。位牌には「千勝院廣挙慧観常願清浄善心居士」と書かれている。死亡日は昭和三十七年一月二十九日、享年七十五とある。

「お家に千吉さんの写真ありませんか？　額縁などに収めてないですか……」

「数年前、家を改築した際、爺さんの写真、アルバムなど、嫁がどこかに整理したものか、よくわからないんだ、俺は」

本当に知らないでそう喋っているのか、それとも惚《とぼ》けているのか、臣道の表情からはうかがい知ることができない。

「そうですか……」と力なげに嘆息するよりほかはない。

「千吉の父親、俺の曽祖父にあたる人で、徳治という名前だが、福岡村の村長を務めた人なんだ」

「そうですか……」

私は溜め息交じりの生返事を繰り返す。

「十年とは過ぎていないと思うが、殉職した二人の上官という人が石碑に参拝に来た折、俺の家にも顔を出してくれたよ」

「えッ、本当ですか。何という名前の上官ですか？」

急き込んで彼の顔を正視する。

「詳しいことは嫁が知っているはずなんだが、今日はあいにく、嫁がいないもんな」

「改めてもう一度、こちらへ取材に伺わせてもらいますので、それまでお嫁さんから詳しい話など、聞いておいてもらえませんか。それにお爺さんの写真なども」

中島のいう、その上官の名前だけでも確認できればよかったのだが、この日の取材では旧福岡村に所在する石碑の目視と、殉職した予備学生の上官が十年ほど前、その碑を参拝した後、彼の家を訪れていたという事実を確認できた。

それと臣道の携帯電話の番号を教えてもらう。最低限度だが、当初の目的は達したように思う。ただ、依然と中島千吉に関することや建立者の存在などの謎を解くほど、期待したような〝収穫〟を得ることはできずにいた。私は再訪することを告げ、自分の車に乗り込む。

　真っ赤な夕陽はとっくに沈み、辺りはすでに薄暗くなりかけていた。数日後、私は中島家を再訪した。中島の息子の妻、京子が偶然居合わせ、彼女から詳しい話を聞くことができ、取材が大きく進展する。臣道や京子らが殉職した第八期飛行科予備学生、和田烝治や民谷廸一の「上官」と思いこんでいた人物は、実は彼らと同期の学生長、石岡敏靖のことだった。

第四章　第八期海軍飛行科予備学生の学生長

学生長・石岡敏靖

つくばみらい市（旧福岡村）の中島家を再訪した。中島京子は橙色のダウンベストを着込み、舅である臣道の祖父、千吉が写っているアルバムや八期予備学生の学生長、石岡敏靖からの書簡などを収納した木箱を持ち出してきた。私は内心、小躍りしたい気持ちである。

やはり、「書簡などが保管されていたんだ」と自分でも納得しながら、それら書簡類にさっそく目を通す。

「石岡さんは毎年のように石碑の世話をしてもらっていると、鳩サブレを贈って寄こして下さるんです」

細面の京子が私にコーヒーを勧めながら、石岡の妻らが中島家に立ち寄った時のことなどを振り返る。

「律儀な方ですね」

「最後にこの家に寄ってくれたのは、石岡さんの奥さんと息子さんだけでした。息子さんといっても、とても立派な方で、その前年に石岡さん本人が亡くなったとかで、親子で来てくれたんです。奥さんと息子さんは石碑をこちらにばかり任せてしまって、申しわけありませんって話していました」

左記の手紙は石岡の妻、智子からのもので、平成十年六月六日付の消印が押されている。

いつも御親切にして頂き、慰霊碑の件でも大変御世話様になりまして心から御礼申し上げます。只今はお電話で、石屋さんをお願いして下さいました由、有難うございました。碑の裏面の文字が消えてしまっておりまして、若い命を散らした方の、せめて名前だけは残したいと思う気持ちで御依頼致しました。

便箋《びんせん》の最後の一枚では、碑の裏面は殉職した年月日——昭和十七年三月十日と、第八期海軍飛行科予備学生の肩書、和田《わだ》烝治《じょうじ》、民谷《たみや》廸一《みちかず》の二人のフルネームを彫ってもらいたいと要請している。ただ、最後の件《くだり》で「和歌は不要ですとのことです。何卒よろしくお願い申し上げます」と結んでいる。

「あの碑の裏側には、和歌も彫られていたんですね」

石碑に和歌が彫られていた事実を、この手紙で初めて知ったのである。どのような和歌なのか、興味を抱きながら私は自分の脳裏に湧き起こる欲求を抑えつつ手紙から視線をそらし、臣道の顔を凝視した。

「どんな和歌だったのか、知りませんか？」

「さア、憶えてないけど、確かに何か彫られていたな。祖父の千吉か、父が生きていれば、詳しいこともわかったと思うけど。俺らは子供の頃、飛行機が墜落したあの付近で、墜落機の防弾ガラス片を拾い集め、燃やして遊んだ記憶はあるけど、あの石碑自体には申し訳ないが、余り関心なかったもんな……」

私はこの時、拙速にも殉職した民谷廸一、和田烝治のいずれかが遺《のこ》した和歌と思った。二人のいずれかが、訓練の合間にでも創作し、どちらかが遺した日記などにその和歌が書かれていたものだろう。そう安易に考え、石碑が建立された時、二人のいずれかが創作した和歌が石碑に刻まれたものと早合点した。

石岡敏靖の妻、智子からの手紙を読み、そのように判断したのである。二人の殉職者の名前などのほか、和歌が刻まれていたという予想外の事実が判明し、山口碑より碑面の幅を五センチほど広くしなければならなかった必然性の謎が一応解けたのである。私は内心、そのように勝手に納得していた。

旧福岡村の石碑が建立された後の長い歳月を考えれば、手紙にあるように平成十年六月当時、石碑の文字を判読するのは困難な状況になっていたものと思う。そのことを手紙でも憂慮していた。現在の地権者、中島臣道を介し、石工業者へ修復を要請している。その本意は「若い命を散らした方の、せめて名前だけは残したいと思う」という強い気持ちからだった。

「この手紙にあるように、平成十年ごろ、あの碑の裏側は一度、殉職者の名前がわかるように修復しているんですね」

「修復後、石岡さんがこちらにお見えになって、立派に修復してくれたと納得していました。その時、私も石岡さん本人に会っていますから」

京子がそう、舅の代わりに応える。

「手紙では、石岡さんが遺族の誰かと相談したうえで、中島さんに修復の依頼をしているように、文面から読み取れるんですが」

「誰に相談したかまでは、私らもわからないです」

「……」

臣道も京子と同様、首を左右に振る。

手紙には「和歌は不要ですとのことです」と記されている。後日の取材で判ったことだが、修復にあたって石岡夫妻は和田家にも相談し、「御迷惑でしょうが、石岡様にすべてお任せ致します」との了解を得ていたという。私は「和歌は不要」ということに関し、石岡の子息、祥男から後日、次のような指摘を受けている。

「和歌の文字まで修復するのは不要としたのは、殉職した二人の名前が後世に残るようにしたいと考えたからです。父は殉職碑の建立に直接かかわらなかったので、和歌が碑の裏側に彫られていることに気づかなかった。そのため、彫り直しの際、中島家から『和歌はどうしますか』と相談され、新たに誰かの和歌を彫り込むことを相談されたものと思い、『和歌は不要です』という返事をしたということです」

いずれにしても石岡夫妻は、旧福岡村の石碑の文字が消えかかっているのを憂慮していた。この手紙の行間から、夫妻の優しい思い遣りが漂ってくるように感じる。修復を施してから十数年経ているが、今も山口要次の石碑に比べて二人の石碑の裏面の文字は不鮮明で、名前など読み取ることは困難。立地環境や文字の多さに関係し、彫りが浅くなったのが要因で、二人の名前が消失したものと思える。

学生長の役割

石碑の文字が戦後、消えかかっているのを憂慮したのが、同期の石岡敏靖である。そんな彼の人物像を考えると、予備学生八期の学生長という役職が思い浮かぶ。「海軍予備学生心得」の綱領に、第一章「敬礼」から第十七章「一般」まで、事細かく規則が制定されている。「各分隊学生中の先任者を学生長と呼称し、学生長は態度、姿勢、言語などすべての分隊の模範となり、その団結を鞏固《きょうこ》にし、もって分隊の軍紀、風記の振粛、士気の振作向上などに努めるべし。学生長は教務に際し、第一章第七項の敬礼の号令を行う必要がある」

簡略に申せば、学生長とは学生総員の率先垂範を示すような模範的な行動を取ることが義務付けられ、当然ながら学生長の職務や教務は、分隊組織の規律を守るためにも重要だったのである。石岡は生涯を通し、学生長という職務を貫き通したように思える。彼は前掲書『飛魂』に、自分たちの苦しかった青春の在りし日を、それこそ郷愁を感じるような文章で綴っている。

三年程前（注・昭和五十三、四年の頃か＝筆者）に「間もなく旧航空隊の建物が取り壊されるかも知れない」という話を聞いて、霞空の跡をたずねました。本部と二、三の講堂および士官宿舎が昔のまま残っていて、茨城大学に使用されているだけで、飛行場の辺りは既に、住宅が建ち並び、予備学生舎をはじめ兵舎等はすべて跡形もなく、ただ老大木となった桜の並木や号令台と軍艦旗掲揚柱の台のコンクリートが残っており、号令台の上に立つと、軍艦旗掲揚のラッパが聞こえて来るように思えて、しばし「つわものどもの夢のあと」の感にひたったものでした。

「石岡さんは殉職した同期のため、昭和五十三、四年ごろ、あの石碑を参拝していたと思います。霞ヶ浦航空隊の跡地を訪ねたと、『飛魂』という書籍《ほん》の中に書いてありますから。その途中、こちらの石碑にも立ち寄ったと考えられます。もちろん、その後も何回か、こちらの殉職碑に詣でていたと思いますが」

京子に入れ替えてもらった濃い茶を啜《すす》り、私は自分で確信するようにそう言った。

霞空の跡地を訪ねた時、石岡は子息の祥男が運転する車に同乗し、旧航空隊の跡地や想い出深い宿舎跡、この地の殉職碑などを巡っていたのである。

「昭和五十三、四年の頃のことはよくわからないのですが、この家に嫁に来てから二十年ほど経ちますが、何時ごろかはっきりしませんけど、石岡さんは毎年四月ごろに来ていたような気がします。年一回、それも四月の第二土曜日に、何でも阿見か、土浦で集まりがあるとかで、それに出席するためだったと思います。石岡さん本人と最後に話をしたのが、自分たちは年老いて、もう来ることができなくなるからって、よろしくって話していました」

「実はあの石碑、傾いたことがあるのよ」臣道が突然、想い出したように口を開く。「盛土した上に石碑を設置していたんで、土が崩れ、傾いたものと思う。それを直す時、最初に建立した地点より二メートルほど北東方面に移しているんだ。土を盛っただけの上に建碑したので、

石碑の傍らに佇む中島千吉

長い歳月が経ったため徐々に周囲の土が崩れ、傾いてきた。たまたま、マンホールのコンクリート枠を友人から譲り受けていたんで、それを利用して修復した。その際、畑を耕作する関係で石碑を二メートルほど移し、コンクリート枠を設置し、そのなかに砕石を入れ、土が崩れないように石碑を設置したんだ。石碑は滑車で持ち上げ、かなり難儀して設置した想い出がある。石碑の周囲には夏中、花が咲き続けるようにマツバボタンをその時に植えたのよ。たまたま、石岡さんが来た時、その花を見て、本当に感謝していたな」

　中島臣道は花の名前を「マツバボタン」と口にしたが、花弁や茎の形態から「マツバギク」（通称）と考えられた。実際に石碑を訪れ、私はそう確信していた。マツバギクの茎が建碑の足元に繁茂していたからである。

「あの慰霊碑を二メートルほど移したのは、何時ごろのことです」

「俺の四十代半ばのころかなァ……」

「臣道さんは昭和十六年生まれですから、昭和六十年ごろということになりますね」

「そうだな。四十代半ばの頃だったよ」

「石碑を滑車で吊るして持ち上げたというけど、一人で作業できたの？」と京子が舅に訊ねる。

「一人だったと思う……どうも最近はタバコの本数が増えてしまって」

中島は煙草の新しい箱の封を切り、中から一本摘まみ上げ、ライターで火を付ける。

その日、中島臣道から石岡の妻、智子が中島家に宛てた書簡類や、祖父の千吉が石碑の傍らに佇む写真などが収められたアルバムを借り受け、くっきりと浮かぶ筑波山が眺望できる旧福岡村の中島家を後にした。

新たな「謎」

京子の証言もあり、困難を極めていた取材が大きく前に進んだことで、私自身は満足していた。ただ、和歌の作者や、どのような和歌が刻まれていたのか、それを一日でも早く解明したいと、そのような衝動に駆られていたことも確かだった。自宅に戻り、この日の取材で知り得たことなどを整理する。

同期の殉職を悼み、二人の名前が石碑から消えかかっていることを憂慮した石岡敏靖は激動の昭和の時代を生き抜き、平成の世まで存命している。彼は亡くなる晩年まで、前述したように同期らの学生長という役職を貫き通したようにも思える。旧福岡村の石碑は国家存亡をかけた学徒の慰霊碑としての意味合いや、不慮の飛行機事故により、志半ばで斃れた仲間のための殉職碑の側面もあったろう。更には飛行教育の事故防止を互いに誓った殉職碑でもあったように思える。

こんな感慨に耽りながら、石碑の裏面に和歌が彫られていた事実が、新たな「謎」として浮上し、私はある種の戸惑いを感じていた。その和歌の作者に関し、殉職した二人のいずれかの創作と思っていたのだが、彼ら共通の石碑に片方が創作した和歌だけを刻むというのは甚だ不公平である。二人が創作した二つの和歌が、「辞世の句」として刻まれていたものだろうか……。

脳裏に去来する想念が堂々巡りする。何か新たにわかったことがあったら、連絡を寄こしてほしいと中島臣道に依頼していた。彼にしても嫁の京子にしても、雲を摑むような話に思える。それに加え、帰り際、京子が玄関先で何気なく独り言のように漏らした言葉が気になる。

「智子さんは殉職した民谷さんの親戚か何かでないのかな。十数年前の記憶なので定かでないけど、石岡夫妻と以前、お会いした時、民谷さんの親戚と聞いたような気がするんだけど、私の勘違いかしら」

中島家を再訪した翌日、高照寺境内の山口碑と旧福岡村の石碑を詣でた際の見解や、中島家で知り得た情報などを基にし、私は調査委員の赤堀好夫と意見交換をするため、彼の自宅を訪ねた。何時ものようにアポも取らずに彼の自宅に伺ったのである。

玄関から声を掛けると、

「上がれ、上がれ。今、ちょっと面白い推理をしているから」と大声で、彼が応答する。

何やらポスターのような大きな紙を机上に広げ、「海軍機の要目性能一覧表」（出所・航空本部資料「航空技術の全貌」）と書かれた資料を見ながら、懸命に電卓をたたいて何やら計算している。

「何を計算しているんですか？」

「民谷、和田の両学生が、岩国海軍航空隊（岩国空）からの移動訓練中に旧福岡村で墜落したとしたら、岩国空を何時ごろ出発した可能性が強いのか、何時ごろに離陸したのか予測しているところだ」

墜落機のスペック

海軍機の「性能一覧表」に目を向ける。大東亜戦争参加機の機種「艦攻」（艦上攻撃機）欄には九七式艦攻十二型、製造所「中島」、形式が低翼、単葉、引込脚、座席数は三席とある。離昇馬力などを収載した発動機、最高速力や高度、最大航続力などの性能などの数値も並んでいる。

「墜落の時間はおおよそ判明しているので、逆算すれば、向こうでの離陸の時間が推し量れると思う」

「そうですね……」

理数系や計算に弱い私はその一覧表から目を離し、赤堀が結論を導き出すのを辛抱強く待つことにした。

「航続力千七十五浬（カイリ）、一浬が千八百五十二メートルなんで、あの飛行機の航続力は約千九百九十キロとなる。最高速力は二百四節（ノット）、高度が三・六粁（キロメートル）

とあるので、最高速度は一時間当たり三百七十七キロの飛行が可能となる。岩国空と霞空の飛行距離を約七百六十キロに想定し、速度で割ると、彼らの搭乗機の最速となる飛行時間は約二時間となるな」

赤堀は視線を一覧表から外し、そう言って笑顔を見せた。

彼の推定によると、九七式艦攻に搭乗した和田と民谷は岩国空を墜落当日の早朝六時ごろ離陸したものと考えられると、結論付けた。勿論、机上の空論であることに間違いはなく、飛行機の性能やその時の天候など気象条件に左右されるのは当然である。彼ら二人の内、どちらかが操縦し、墜落した九七式艦上攻撃機は「常に故障で泣かされた」との証言もある。

太平洋戦争末期、練習機による特攻命令を受け、生と死の狭間《はざま》で懊悩《おうのう》した経験を持つ第十二期甲種予科練生、永末千里が著した『白菊特攻隊——還らざる若鷲たちへの鎮魂譜』（光人社刊、平成九年八月）の中で、永末は「九七艦攻」の故障で泣かされたと綴っている。

九七艦攻は、艦上機ではじめて引込脚を採用した飛行機である。だから、慣れない操縦員に脚の出し忘れを知らせるために、脚を収納したままでエンジンを微速に絞ると、ブザーが鳴る構造になっている。（中略）当時、第一線部隊には、新鋭機「天山艦攻」が配備されていた。われわれが訓練に使用していた九七艦攻は、すでに使用限度を越えた感じで、エンジン、機体ともにいろいろな故障が続出していた。

九七式一号艦上攻撃機

先の大戦で、当初と末期の違いはあるが、永末ら「白菊特攻隊」が使用した特攻機は、第八期の予備学生が飛行訓練で使用した実用機でもある。昭和十年、中島飛行機製作所から開発された低翼、短葉、引込脚の近代攻撃機で、十二年十一月に海軍が正式に採用し、九七式艦上攻撃機と命名されている。日華事変後期から太平洋戦争初期のハワイ・真珠湾空襲を経て中期ごろまで活躍し、戦争末期には永末ら白菊特攻隊の特攻機として使用されたのである。

昭和十六年四月入隊組の和田、民谷ら第八期予備学生は「まえがき」でも触れたが、全員が「予備航空団」の出身。彼らは訓練を始めると、海軍予備航空団での基礎知識があったため技術面でも優秀で、操縦教育は順調に進んだと指摘があり、確かに彼らはそれ相応の知識を有していた。

しかし、彼らは操縦技術面でも優秀だったにもかかわらず、民谷と和田のいずれかが操縦した九七式艦攻機は、不運にも旧福岡村の松林に墜落した。今となってしまっては墜落の主要原因はわからないが、当日は辺り一面、濃霧に覆われていたという。

二人はおそらく岩国空を離陸し、霞空に向かって移動飛行の訓練をしていた。実際、墜落現場の付近は昔から乱気流が発生する地域ともいわれ、小貝川沿いの平野が広がり、濃霧も発生しやすい土地柄である。地上では当日、氷雨のような冷たい降雨だったという。

前述の予科練生、永末千里は使い古した九七式艦上攻撃機の〝愛機〟に搭乗し、「当時われわれは、暇をみては古い機体の点検を行い、ビスのゆるみなどを締めつけるため、ドライバーは常時、持ち歩いていた」と経験談を載せている。しかし、当時の事故原因は総じて搭乗員の〝技量未熟〟として片付けられてもいる。

霞ヶ浦神社

話は横道に逸《そ》れるが、百年に一度、千年に一度、あるかないかの未曽有の東日本大震災にともなう大津波や余震、液状化現象。それと同時に東京電力の福島第一原子力発電所の爆発など、悪夢とも思われた大災害や人災に見舞われた激動の平成二十三年も残すところ、二カ月を切っていた。

十一月上旬、赤堀好夫から先の嘉本隆正が大阪市内に住む和田悉治の遺族を訪ねるようだと、彼の動向を知らせてきた。その時期、先の小冊子『爺さんの立ち話』も数多くの書籍と同じく、我が家も地震の余波で、書籍類は床に落下したままになっていた。何かと世話になっている赤

艦上攻撃機「天山」

堀から寄贈された冊子であり、彼ら調査委員が苦労して集めた「小話」でもある故、彼らに申し訳ないような気がし、冊子を書棚に戻そうと拾い上げ、それを棚に戻す前に目次を再読してみる。

冊子に収載された掌編に「海軍航空殉職者慰霊塔の建立」というのを認める。調査委員の八木司郎（産業考古学会会員）が書いた小論文だった。中島家を訪ね、嫁の京子らを取材した折り、彼女は「石岡さんは毎年四月ごろに来ていたような気がします」と話していたことを想い出す。

私の取材ノートには確かにそう書いてある。「なるほど、そうだったのか」と一人で納得する。

石岡は後輩の予備学生や予科練生の指導教官、あるいは分隊士か分隊長に就任していたはずだから、戦後、教え子らの同期会や何かの会議にでも招待され、毎年四月ごろ、元教官や元分隊長としての肩書で出席していたに違いないと思っていた。少なくとも八木司郎が書いた掌編を読むまで、私は自分勝手にそう考えていたのだが、そうではなかったのである。八木の掌篇の一部を引用する。

昭和三十年十二月十七日、海軍航空殉職者慰霊塔除幕式及び慰霊祭が行われ、祭神十六巻（各巻桐箱収納）に記載された五五七三柱の霊名録は慰霊塔の基底に収納安置された。山本元帥の歌碑や霞ヶ浦神社の社名碑も同時に移設した。

その後、慰霊塔の管理維持は慰霊塔奉賛会に移され、毎年陽春の四月第二日曜日に慰霊祭の行事が執り行われることになった。

最後の件を読み、私は「なるほど」と納得したのである。霞空にあった霞ヶ浦神社は、所属隊員の飛行機事故で殉職した者だけではなく、国内のすべての海軍基地や航空隊で事故死した航空殉職者の霊を祀る神社であった。昭和二十年八月の敗戦までに神社に祀られた殉職者五千五百七十三柱で、これらの殉職者の氏名を記した霊名録が、この神社の「祭神」である。霊名録のなかに山口、民谷、和田の名前も記載されているのは勿論である。

彼ら三人の同期で、予備学生八期の学生長だった石岡は昭和三十年以降、毎年四月の第二日曜日に開催された殉職者の慰霊祭に出席していたものと推察される。戦後になっても戦友の「絆」の綱は切れることなく、彼は慰霊塔に詣《もう》でた後、旧福岡村の和田、民谷の二人を祀った石碑にも参拝していたのだ。

そう推論を進めると、中島京子の記憶は確かであった。ただ、四月の第二土曜日と彼女は話していたが、実は殉職者慰霊祭は日曜日だったので、土曜日というのは中島家に石岡が立ち寄った日であったのかもしれない。航空殉職者にとって霞ヶ浦神社は「靖国神社」に相当する神社である。

同神社や航空殉職者の慰霊塔建立の紆余曲折の経緯、五千有余の殉職者が収載された霊名簿などを巡る話については、この稿の本筋からやや外れるが、歴史の闇に埋もれたまま明らかになっていない部分もあるので、次章で扱いたい。

第五章　ＧＨＱと霊名録と慰霊塔

遺族に宛てた書簡

第八期予備学生の学生長、石岡敏靖が昭和十八年四月、殉職した和田烝治《わだじょうじ》の父親、健三に宛てた書簡が今も残っている。これらの書簡類は殉職した山口要次《やまぐちようじ》の遠戚で、彼の足取りを粘り強く追跡する嘉本隆正が大阪市内の和田家を訪問し、殉職した烝治の甥から預かったものだ。

霞ヶ浦神社の合祀祭も来る二十四日に行われることになりましたが、戦時中は遺族の方を御招きしない様に決定した由聞きましたので御知らせ致します。当隊副官のお話では、戦時中は極めて多数の英霊を合祀する関係上、宿泊、輸送、設備その他で到底お招きすることは出来ず、合祀祭の後で各遺族に御通知するだけに致すとのことでした。但し御遺族の方で任意に参拝されるのは構わないとのことです。

書簡は同神社の合祀祭の日時を殉職した遺族らに通知したものだが、多数の英霊を合祀するため、宿泊や輸送などの関係で「戦時中は遺族を招かない」という副官の言葉を添えている。ただ、「任意で参加するのは構わないとのことです」と補足している点など、殉職した遺族に対する石岡の心遣いも感じる。それは最愛の肉親を亡くした遺族に対する配慮と気遣いと思える。

一方、左記の書簡は、和田や民谷《たみや》廸一《みちかず》の二人が墜落した十七年三月十日から一年後の手紙である。昨年同様、「隊内の庭の梅が咲き誇っている」との気候の挨拶が、その時期を如実に示している。拝復で始まっているのを考えれば、和田健三からの書簡に対する返信のようだ。文面から推察するに、同期らが幾ばくかの香典（金銭）を遺族に贈ることとなり、石岡敏靖が代表して手紙を添えたものだろう。

烝治君遭難されてより一年が参りますが、当時満開の庭の梅も去年同様に咲き揃って一層あの時のことなど生々しく思い出されて居ります。当隊の一同至極元気にて佐藤少尉も全快、近頃ではボツボツ乗って居ります。同封致しました金子《きんす》は眞に僅かで御座いますが、私達同期生全員の心だけ御汲み取り下さり、御納め願へますれば幸せに存じます。実は御線香でもと思って居りました処、適当なのが御座いませんので失礼いたします。烝治君の御冥福を祈ると共に益々、奮励微力を尽くして居ります。皆々様の御健康を祈り上げます。

石岡ら同期は十七年四月十五日付で海軍少尉となり、十八年六月一日に中尉に昇任している。和田健三に返信を宛てた当時はまだ少尉。また、左記の書簡（三通目）を読むと、文末に「十一月十日」と書かれており、十七年十一月と推定される。文面では「当方、五名共に至極元気に今月末に学生を送り出しますので、最後の仕上げにかかって居ります。私などは指導員付という職務上、毎日採点や成績の計算に忙殺されて居ります」と自分の近況と戦友の動向を記載している。

また、左記の手紙では「先般の霞ヶ浦神社秋季例大祭は隊員一同参列の下に厳粛に盛大に行われました」と健三へ報告。その上で霞空の司令、千田貞敏の異動のことも綴っている。この書簡は遺族にとっては貴重な情報であり、間接的とはいえ霞空首脳の率直な肉声を伝えている。手紙では司令、千田の移動先「第十四連合航空戦隊」は当然、軍事機密なので伏せ字となっている。

本月一日付にて司令千田少将は第○○連合航空隊司令官の重職に御栄転致されましたが、御別れに一夕《せき》食事を共に致しましたる際にも「私の在任中、山根（七期）、山口、和田、民谷の四予備学生を職に殉ぜしめたが、これ全て司令の不徳の致す所と、責任を感じている次第で、常々御無沙汰しているけれど御遺族の方々には誠に相済まぬと思わぬ日はない」との御話あり、私は感激致した次第です。

南太平洋に戦雲頻りに去来して居りますが、八期の諸君も奮戦して居ることと思います。私もこの学生が卒業しますと遅ればせながら参加できるのではないかと心待ち致して居ります。

これらの書簡から、八期予備学生の学生長だった石岡敏靖が殉職した戦友の遺族を思いやる気持ちが伝わってくる。彼は霞空の首脳の肉声を遺族に伝えることで、幾らかでも遺族の慰めになってくれればと考えたものだろう。手紙にあるように霞空で千田貞敏が司令を務めていた時期、四人の予備学生が殉職。中でも八期予備学生は前述したように三人が亡くなっていたのだ。

「職に殉ぜしめたが、これ全て司令の不徳の致す所と、責任を感じている」

このように率直に述べている司令の千田貞敏に関し、本稿の筋からやや逸れるが、少し触れてみる。

航空隊司令官、必死の抗戦

千田は鹿児島市出身。明治四十五年に海軍兵学校（四十期）を卒業し、大正十年五月、英国の飛行教官団を団長として率いたマスター・オブ・センピルの指導を受けるため、開設したばかりの霞ヶ浦飛行場（海軍臨時航空術講習部、翌年に霞ヶ浦海軍航空隊に改称）に赴任している。若い飛行学生の一人だった彼ら当時の航空術講習部員は、海軍の軍人の中でも極めて優秀な者が選抜されたようで、大佐のセンピルも「極めて優れた学生たち」と評している。

講習部員の同期は、先の大戦で「神風《しんぷう》特攻隊」の生みの親といわれた大西瀧治郎、第五十航空戦隊司令官の酒巻宗孝、霞空や大井海軍航空隊司令を歴任した伊藤良秋、第三航空艦隊長官の吉良俊一らで、海軍の航空戦隊の支柱となった人物たちだ。また、当時の講習部員ではなかったが、千田の海軍兵学校時代の同期には、山本五十六の連合艦隊長官時代の参謀長で、二十年八月十五日の最期の特攻機に乗り、沖縄に出撃した中将、宇垣纏がいる。

千田は鹿島海軍航空隊の司令を歴任後、十六年三月、若き日に訓練した懐かしの霞空の司令に就任した。日米開戦後の十七年五月、彼は少将に昇任し、石岡の手紙にあるように十一月一日付で霞空の司令から第十四連合航空戦隊司令官に異動し、十九年三月に軍令部へ出仕した後、同年五月、米軍の本格的攻撃作戦に備えるため、南方諸島に設営されつつあった航空基地、赤道直下の島「ビアク島」の初代司令官（第二十八根拠地隊司令官）に赴任したのだ。

ビアク島はニューギニア北西部ヘルビング湾内にあり、これら南方諸島に設けられた航空基地は別名「不沈空母」と呼ばれた。十七年六月五日のミッドウェー海戦以降、米軍の反撃が本格化し、海軍は十九年前半にはすでに物量、技術力、機動力などに優る米軍に押され、勢い劣勢の場に立たされていた。

そんな状況下で、千田が司令官として赴任したビアク島の航空基地は、日本軍が米軍を迎え撃つための拠点として重要な地位を占める島だったが、抵抗むなしく玉砕に近い状態で壊滅したのである。彼が指揮を執り、激戦となった「ビアク島の戦い」は戦史的にも有名である。

防衛省防衛研修所の戦史叢書「南西方面海軍作戦」などによれば、ビアク島の戦いは十九年五月二十七日、米軍がマリアナ諸島への進攻に先立ち、飛行場確保などを目的に満を持してビアク島へ上陸を開始している。

日本が制海権や制空権も失いつつある中で、十九年八月二十二日には大本営と守備隊との間の通信も途絶える。陸海軍合同の作戦指揮を執っていた千田貞敏は激しい米軍の火焔《かえん》放射の攻撃に晒されながらも、その切迫した状況で必死の抗戦を展開する。米軍上陸から一カ月以上も彼らに飛行場の使用開始を許さなかった。そのような事例は、南方諸島ではビアク島の戦いのみである。

絶対的な戦力に優る米軍の波状攻撃に対し、千田ら守備隊はそれらの攻撃を避けながら、反撃の機会をうかがっていたが、最後は守備隊の陣地にしていた島の西側の洞窟を放棄し、転戦しながら米軍に徹底抗戦していたのである。しかし、抗戦むなしく、同年十二月二十五日にはビアク島の北部、コリム海岸の陣地も陥落。守備隊の多数が玉砕し、千田もまた無念の戦死を遂げたのである。

海軍航空隊の黎明を支えた中心人物だった千田貞敏の最期である。今日では働き盛りともいえる享年五十四の若さの戦死だった。

ＧＨＱからの厳命

千田貞敏のことを長々と綴ったが、霞ヶ浦神社に話を戻す。

同神社は戦前、戦時下に限らず、前述したように全国の航空殉職者を祀ったものであるが、殉職者の遺族にとって同神社はある種の心の拠り所といえた。しかし、日本が先の大戦で敗れ、敗戦直後の昭和二十年九月には、霞空にも大勢の占領軍（ＧＨＱ）が進駐してきた。ＧＨＱの指示で、隊内の殉職者を祀った霞ヶ浦神社の社殿を廃棄するよう命じられたのである。

同時に、祭神として祀っていた殉職者の「霊名録」も焼却するよう厳命された。神社敷地内には当時、神明造りの神殿のほか、鳥居や社名碑、手水鉢《ちょうずばち》、玉垣《たまがき》に加え、神社建立を積極的に発起した山本五十六（元帥）の歌碑なども整然と配置されていた。

神社を建立するための基金はすべて全国の海軍航空隊関係者らの浄財である。それに加え、敷地の整地や基礎工事、参道の整備なども霞空の隊員らの献身的な奉仕で実現したものだ。それら諸々のことを考えると、GHQからの厳命とはいえ、社殿などを焼却することは絶対に阻止し、ましてや祭神である霊名録を焼却処分することは許されないことに思えた。

当時の霞空の残務整理の指揮官はそのように考え、社殿や霊名録を何とか、後世に残したいと熱望し、極秘裏にそれらを隊外に持ち出すことを画策した。当時の阿見町長、櫻井文太郎に協力を求める。櫻井の機転で社殿内部を空にし、阿見町内の中郷地区にある阿彌《み》神社にそれらを移したのである。

祭神となる殉職者の氏名を記した霊名録（十六巻）は町長の櫻井がひそかに譲り受け、町内で懇意にしていた数軒の農家にそれらを預ける。農家にはそれが霊名録であるということを説明せず、蔵に秘匿《ひとく》してもらった。

一連の作業を終えた後、幾らか英語を話せた櫻井文太郎はGHQの指揮官を訪ね、彼はこう虚偽の報告をした。

「祭神である霊名録は、確かに焼却処分しました」

報告が虚偽であると判明すれば、即刻逮捕されるかもしれないという危険も顧みず、櫻井は霊名録（祭神）を自分の信念を貫いて守ったのだ。それというのも殉職者の霊を祀った霞ヶ浦神社は、遺族らにとっては特別な思い入れのある神社であったからだ。

海軍航空殉職者慰霊塔

時が泰平の世に移る——。

サンフランシスコ講和会議の後、平和条約（昭和二十七年）が調印され、日本が正式に独立国家と認められたわけだが、終戦直後、当時の阿見町長、櫻井文太郎がＧＨＱの目を盗み、数軒の農家に分散秘匿していた霊名録がこの時期、散逸を免れ、無事に集められた。霊名録は取り敢えず、陸上自衛隊武器補給処（元第一海軍航空廠跡）の「奉安殿」に保管されることになった。

この辺の経緯と事情に詳しい、調査委員の八木司郎は次のように解説する。

「奉安殿に一時的な保管ならまだしも、半永久的に安置、保管することは自衛隊施設といえども、国の機関が宗教に関与することにもなり、自衛隊側にも迷惑を及ぼすこととなるため難しいことだったようだ」

全十六巻にも及ぶ霊名録の保管方法が当時、関係者の間で協議された。いろいろな意見もあったようだが、最終的にはこの際、霞ヶ浦神社に代わり、永久的な「慰霊塔」のようなものを建設し、その基底部分に殉職者の霊名録を収納安置することが最良の策ということに決まる。

その後、建設場所などの実行計画が策定され、霞空の関係者だった戸田道太郎（元十一連隊航空司令）、安東昌喬（霞空第三代司令）、和田秀穂（同七代司令）、それに寺岡謹平（元海軍中将）ら十三人が発起人となり、海軍航空殉職者慰霊塔建設期成会が組織され、次いで実行委員会、建設の趣意書なども策定された。

趣意書の概要などによると、建設場所は元霞空の敷地内か、その付近の公有地とした。設計は芸術院会員、清水多嘉示に依頼と決まる。清水は当時、彫刻の泰斗《たいと》として旧海軍と深い関係にあり、「海軍館」に存置された搭乗員像の制作者であることなどが有力な決め手になる。

清水が心血を注いで制作した慰霊塔は、戦後の日本の将来を深く考慮した作品であるが、肝心の建立地を巡り、慰霊塔実行委は大きな壁に突き当たることになる。国内の当時の世相を背景に急進的な学生らの慰霊塔建立反対の抵抗に遭う。実際、建立地決定は困難を極めている。

その経緯が実に興味深い。建設場所は趣意書にもあるように当然、元霞ヶ浦神社の敷地跡約六百坪を予定していた。その土地は国有地で、現在の茨城大学農学部の構内に所在していたが、全然使用されておらず荒れ地のまま放置されていた。建設実行委は農学部当局の了承を得、国に払い下げの申請手続きを済ませる。その辺までは割とスムーズにことが運ぶ。

その直後である。農学部の学生や茨城大の他学部の学生、一部教職員らが、

「慰霊塔建設は、再軍備に結びつく」

軍備拡充阻止を〝錦の御旗〟に彼らは建立阻止を訴え、激しい反対運動が起きた。両者間で数次にわたる折衝が行われたのだが、遂に解決するに至らなかった。実行委はこのような状況だと、仮に計画地に慰霊塔が建立されたとしても「英霊安息の聖地とならず」との最終判断を下し、遂に当初計画地を断腸の思いで断念する。

実行委から相談を受けた阿見町はそういう事情を忖度《そんたく》し、町内の中郷地区にある町立保育所の隣接地を斡旋する。それが現在の建立地である。

この地域も元々は霞空の敷地内だったが、その広さ約百坪のうち六十八坪が民有地で、残地が町有地である。実行委はその民有地を地権者から有償譲渡してもらった。資金の調達は実行委の努力と多数の賛同者により、予定金額を遥《はる》かに超え、二百万円に達した。

完成した慰霊塔の塔柱前面の題字の「彰往察来」という四字は発起人の及川古志郎（元海軍航空本部長、海軍大将）が易経より選び、同じく発起人の安東昌喬が揮毫した。塔柱裏面に由来記を寺岡謹平が撰書している。慰霊塔は昭和三十年十二月十七日、遺族や関係者ら大勢が参列し、厳かに除幕式並びに慰霊祭が行われたのだ。

その後、慰霊塔の管理維持は「慰霊塔奉賛会」に移され、毎年陽春の四月第二日曜日に慰霊祭が行われることになっていた。十数年の歳月が経ち、発起人や実行委の多くの会員らが亡くなり、海軍航空隊関係者も少なくなり、将来の維持管理を考え、奉賛会側は阿見町と協議し、同町に移管を申し出た。これまでの経緯もあり、町側もそれを了承したのである。

「慰霊塔奉賛会が慰霊塔や山本元帥の歌碑、慰霊塔の敷地などを阿見町に移管したのは昭和四十六年五月のこと。この時の町長は、元霞ヶ浦航空隊に在隊したこともある海軍士官だった丸山銈太郎さんだった。航空殉職者の慰霊祭は今も以前同様に、満開の桜のもとで行われています」

前述の八木司郎はことのほか、最後の言葉に力を込めた。

祭神（霊名録）が安置されることになった慰霊塔が紆余曲折の末、建設された経緯が毛筆で綴られた文章がある。調査委員の井元潔が平成二十三年十月末、この慰霊塔などに関し、インターネットで調べていると、霊名簿（録）は東京都内の東郷神社に移されているという書き込みを見つける。

「霊名録はてっきり、阿見町内の中郷保育所の隣に建立された海軍航空殉職者慰霊塔の基底部に安置されているものと、そう思っていたのだが、東京都内の東郷神社へ移されているという書き込みを見て驚いた」

霊名録と東郷神社

東郷神社は、日露戦争の日本海海戦で当時、世界最強と言われたロシアのバルチック艦隊を破った時、連合艦隊を指揮した東郷平八郎を祀る神社である。東郷が昭和九年五月に亡くなった後の十五年五月二十七日の「海軍記念日」に創建されたのだが、東京大空襲によって社殿が焼失し、戦後になって復興の機運が高まり、三十三年に奉賛会が結成され、東京五輪開催の三十九年に社殿が完成していた。

井元潔をはじめ、赤堀好夫、八木ら仲間の調査委員らにとっても驚きの情報で、慰霊塔の関係者に訊ねてみた。しかし、さっぱり要領を得ない。そこで井元は真偽を確かめるため、都内の東郷神社へ出向くことになる。神社の参道近くには、若者の街「原宿」が所在し、その地域でも最もにぎやかな竹下通りが近接し、渋谷という市街地でありながら神社を囲むように青々とした樹木が繁茂している。

周辺は閑静で、井元は参道を通り、社務所を訪ねる。祭儀主任（権禰宜《ごんねぎ》）の関根正修に来意を告げ、井元はその真偽のほどを訊ねる。その上で、関根に許されて霊名録を見せてもらう。殉職者の名前が記載された名簿は確かに存在していた。しかし、子細に見ると、それは本物ではなく、第二代海軍航空隊予科練部長などを務めた寺岡謹平が毛筆で書き写したものであった。井元潔は関根に頼み込み、寺岡が精魂を込めて書き綴った海軍航空殉職者慰霊塔由来書（以下・由来書）の必要部分を写真撮影する。その後、権禰宜の関根正修から由来書のコピーが親切にも、井元の自宅へ届けられたという。

彼は私の取材に対し、その由来書を眺め、「あの寺岡さんが、戦後発見された実物の霊名録をもとに写経のように模写し、八十一歳の時、昭和四十六年五月、これを東郷神社に奉納していたようだ。模写とはいえ、大事なものです。本当に頭の下がる思いです」と話した。

霊名録（祭神）の本物は、今でも厳重に慰霊塔の基底部に安置されている。

寺岡謹平の横顔にも若干触れたいと思う。潮書房が発行する戦記雑誌「丸」（エキストラ版第四十二集、昭和五十年八月発行）の中に、「日本の空の若い歴史はここに始まった」という寺岡の予科練の回想記が載っている。

彼は元々、水雷士官で予科練部長に就任するまで、航空関係とはまったく縁がなかった軍人である。航空との関係で寺岡は大正十五年四月、霞空で講習を受け、講義の後に陸上飛行機に乗せられた程度だったらしい。

昭和八年十一月、初代予科練部長の市丸利之助の後任に抜擢され、第二代予科練部長に就任。その後、寺岡は南京の中華民国南京国民政府顧問となっている。彼は南京から東京に戻り、太平洋戦争後期となる十九年ごろ、霞空にあった海軍練習連合航空総隊司令部の司令官に就任し、国内にある練習航空隊と、六つの連合航空隊を統括する要職に就いたのである。

石岡夫妻の想い

話を元に戻す。

井元が東郷神社の権禰宜に頼み込み、複写した寺岡謹平が書き残した「由来書」は今日では、すでに活字になっている。慰霊塔奉賛会が後世に慰霊塔建設の経緯を残そうと活字にしていたのだ。また、奉賛会発行の「会誌」には慰霊塔奉賛会の由来、慰霊塔建設の経過や由来、霞空の概要が時系列に記載され、慰霊塔奉賛会世話人会名簿や旧海軍航空殉職者慰霊塔奉賛会名簿が添付されている。

赤堀好夫の自宅で、私は井元潔や八木司郎の話を聞きながら、殉職した山口、和田、民谷ら第八期予備学生の同期、石岡敏靖が彼らの遺体の収容から海軍葬までの手配などを、学生長として率先垂範した事実を考えていた。殉職した戦友に対する想いと無念さは、彼らの遺族と同じように石岡も感じていたに違いない。

八木から借り受けた「奉賛会」名簿のほうには氏名、住所のほか、年会費収納がわかるように各年次別に会費を収めた者に丸印が付されている。何気なく見ていると、その名簿欄に、ある名前を見つけた。

驚きと同時に脳裏に不思議な気持ちが湧き起こってくる。慰霊塔奉賛会の名簿欄に「石岡敏靖」の名前が記載されていた。彼の名前を初めて知ったのは、前掲書『飛魂』に寄稿した小論である。第九、十期飛行科予備学生の〝帰らざる翼〟となった亡き戦友に捧げるために編まれた手記の中に、第十期飛行予備学生の指導官付だった八期予備学生出身の石岡の小論が収載されていた。

私たち八期が訓練中に、開戦の翌日十二月九日、山口学生を九三中練の背面系特殊飛行で失い、更に翌年三月十日、民谷、和田両学生を九七艦攻訓練で失い、私は八期の学生長として、遺体の収容から海軍葬までを大きな悲しみの中で手配しなければならなかった。

同期三人の殉職

飛行訓練中の不慮の事故は、飛行機搭乗員の養成計画にも支障を来したろうし、更にいえば機材の損失も大きい。だから石岡は同期三人の殉職を、決して無駄死にしたくなかった。彼は「三人の殉職を目の当たりにして大いに影響を受けた」のである。後輩の指導官付に就任した際、絶対に死亡事故を起こしてはならないのだと、固く心に誓っていた。

旧福岡村の農業、中島臣道を取材した際、石岡の妻、智子が中島に宛てた手紙や、石岡が和田、民谷の殉職碑に詣でた話などを中島京子から聞くに従い、私は自分勝手に石岡の人物像を想像した。

戦時下の石岡が生々しく、にわかに今に蘇ったみたいで、ある種の鳥肌が立つ戦慄を覚えたのである。石岡自身は平成時代のある時期まで存命していたのであるから、今に蘇ったという表現は決して適切とはいえないのだが……。

石岡智子が中島臣道に宛てた手紙は、次の通り夫の死去を知らせていた。

「実は、昨年十月十八日、主人が急逝致しました。亡くなる前日は、家族の祝い事で、遠くの子供たちも集まり、主人も元気で乾杯の音頭をとってくれました。終始にこやかにしていました（あとになれば、お別れの会になってしまいましたが）。主人の遺志により、御香料、供花などはどちらさまからも御辞退させていただきました」

手紙の冒頭はこう綴られている。

「三月十日が近づきますと、いつも主人共々、中島様の御母上様、御主人様の御親切を深く感謝致して居りました。中島千吉様の御子孫様の方々のお陰で、風景も人情も美しい、旧福岡村の地にまだ二十代の若さで散ったお二人の慰霊碑がまもられていることは、本当に有難いことでございます」

三月十日というのは勿論、民谷廸一と和田烝治が殉職した命日である。同期の石岡と妻の智子はこの日をある意味で「特別な日」としていたことがうかがえる。殉職碑を建立した当時、世話になった中島千吉や彼の子孫に対する深い感謝の気持ちをずっと持ち続けていたことが行間や文面から推察できる。

前章でも触れたが、中島家の嫁、京子が漏らした「智子さんは殉職した民谷さんの親戚か何かでないのかな。石岡夫妻と以前、お会いした時、民谷さんの親戚と聞いたような気がするんだけど」という言葉が気になる。

私はこの時点まで、智子はもしかすると殉職した民谷廸一の妹ではないのかと、勝手な想念を膨らませていたのであったが、後日の取材で、彼女は民谷の妹ではなく、民谷の母方の親戚であることを知る。

第六章　「八時七分を指して止まる時計」

石岡智子へ宛てた手紙

何事も不精な私は平成二十三年の暮れも押し詰まった頃、ようやく石岡敏靖の妻、智子宛てに書簡を出す。その手紙の冒頭、「見も知らぬ者からの突然の便りで、大変驚いていることと存じますが、私は元新聞記者で、石岡さんのご住所やお名前は茨城県つくばみらい市（旧福岡村）在住の中島臣道さんを取材した折り、お聞き致しました」と注釈を加えた。

「中島さん宅へ訪ねたのは、智子さんもご存知の旧福岡村に所在する殉職碑について詳しいことを知りたいと考えたからであります。そこで石岡さんの住所などを知りました。筆不精の私は最初、手っ取り早く、石岡さんに電話をかけ、いろいろとご教示いただきたいと考えましたが、それでは余りにも失礼かと考え直し、このような拙い手紙を書くことに致したような訳です」

見も知らぬ者からの突然の手紙ほど不気味なうえ、警戒心を抱かせるものはないと感じたゆえ、このような簡略な前文の後、彼女に対し、故人となった夫、敏靖の旧海軍時代のエピソードを含め、どんな些《さ》細《さい》な点でも知っていたなら、教示願いたいと要請し、手紙には次のような想いも忍ばせた。

「茨城県内での飛行訓練中に殉職した三人――山口、民谷、和田の予備学生（第八期）は志半ばで斃れました。祖国の安泰と平和を願い、肉親や家族を想いながらも不慮の事故で殉職したことは彼ら自身もはなはだ不本意だったと拝察されます。彼ら三人の殉職者と、貴様と俺の間柄だったと思われる敏靖さんは、第八期の学生長でもありました。敏靖さんの同期に対する想いや心境、戦後、ご夫妻であの殉職碑を何度か、訪れたと聞き及んでおります。ご見解や碑を詣でた際のご心境など伺えれば幸甚であります」

私は先日来、脳裏から決して離れることのない懸案事項も手紙に綴った。つまり「智子さんは殉職した民谷さんの親戚か何かでないのかな……」という中島家の嫁、京子が漏らした言葉に触発されていたから、その真偽のほどを智子に質《ただ》したのである。また、「碑の裏面の文字が消えてしまっておりまして、若い命を散らした方の、せめて名前だけは残したいと思う気持ち」云々と、碑陰の文字の修復などを依頼した件で、石岡が遺族の誰と相談して依頼したものかなども書簡の中で訊ねた。最後に、

「私は旧福岡村の殉職碑に纏《まつ》わる話をもう少し、収集したいと考えております。三人の殉職者と同期の交流と絆、最愛の肉親を亡くし、慟哭する遺族らの悲憤の思いを後世に記録として残したいと思い、取材を続けております。是非、近いうち、ご自宅へ取材にお伺い致したいと考えております。何卒、ご協力のほどをお願い致します。失礼を承知で筆を執りました」

このように結んだのである。年が明け、新年の四日、石岡智子から達筆な字で草書された返信が届く。

暮れにお手紙を頂戴致しました。年末年始の忙しさにとりまぎれ、御返事が遅くなりましたことをお詫び申し上げます。いづれ、暖かくなりましたなら、お目もじの上、写真なども

探しましてお話しを伺いたく存じます。昭和十七年三月十日は、雨の日で私は女学校三年生でした。父を尊敬する息子も、お話をお伺い致したいと申しております。

彼女は当時、女学校三年生であったという。そうなれば生まれは多分、大正末期か昭和初頭と思える。それにしても私はこの文面を読んで驚いた。「父を尊敬する息子も」云々は昭和二、三十年代、当たり前のことだった。

それが何時の頃からか、親を尊敬するとか、親を敬う、ちょっと古臭いが「忠孝」などというのは時代錯誤、時代遅れなどの風潮に流され、その尊い精神が廃《すた》れてしまった感がある。

都内に暮らす彼女の自宅へ取材に伺うため、質問項目などをまとめた。その冬の雪は平成十八年の豪雪に迫る勢いで、豪雪地帯の過疎や高齢化が進む地域を直撃し、高齢者が雪下ろしの中で死亡、大けがをする事故が後を絶たないなどと報道されていた。都内や北関東の地方都市、土浦でも一月中旬、積雪を記録し、路面が凍って転倒した者の模様をテレビで伝えていた。

翌二十四年二月二日朝、自宅の固定電話が鳴り、私は電話に出ると、相手の声の主は石岡敏靖の子息、祥男からで、次のように日時を指定してきた。

「母の智子が暖かい頃にお会いし、お話を伺うとハガキでお伝えしていましたが、倉田さんのほうの都合がよければ、来週七日、火曜日、当方の自宅でお会いしたいと申しておりますが、いかがでしょうか」

智子から返信をいただいた後、私は取材の主な質問事項を書き、自分の著作——予科練生と戦後を代表する写真家、土門拳との交流を描いた『土門拳が封印した写真』（新人物往来社）を彼女の自宅へ送付していた。

祥男からの電話は、その返答とうかがえた。石岡敏靖に関する人となりを妻や息子の口から直接、語られることに期待した。文字通り、二月七日が「ラッキーセブン」であればよいがと、自分勝手に念じた。

石岡家を訪問

当日、彼から事前に道案内の略図を送ってもらっていたこともあり、それほど迷わずに無事、石岡家にたどり着く。閑静な住宅地の角に落ち着いた塀に囲まれ、目的の家屋が建っていた。白い表札に「石岡敏靖」の文字が刻まれ、公認会計士とあった。私が訪ねると、最初に敏靖の愛娘、花田眞理子が玄関で出迎え、次いで母親の智子、その背後に自宅までの道順などの案内図を送ってくれた長男の祥男が、それぞれ笑顔で迎えてくれた。

玄関脇の応接室に通され、私は早速、智子の夫であり、彼ら兄妹の父親だった在りし日の敏靖のことを取材した。

大正八年十二月、広島県尾道市で生まれた石岡は二つ年上の兄と、四つ歳下の妹の三人兄弟の真ん中。地元の旧制中学（県立）を卒業後、法政大学高等商業部経営科（現・法政大学経済学部）に入学し、昭和十六年三月、同校を卒業。驚くのは、高等商業部の三年間は全学科とも「優」で通す特待生である。彼は卒業生総代を務め、石岡家には今もそれを示す同大高等商業部教務課発行の書類が遺されていた。

在学中、戦後に上演中止を命じられた歌舞伎の復活に尽力し、その功績などで後の叙勲で勲三等瑞宝章を受章したフォービアン・バワーズから、彼は英会話などを習っていたようである。日本経済新聞の文化欄で、バワーズ自身が「今回の叙勲では外国人は三十数人が受章しているが、日本の歌舞伎のために尽くした功績という理由によるものは、あとにも先にも私一人のようだ」(昭和五十九年十二月三日付)と綴っている。

「主人は学生時代、バワーズさんから彼の自宅へ遊びに来いといわれたそうですが、日米関係が険悪になっていたこともあり、情報を聞きだされる危険があってはマズいと思って、彼の自宅へは行かなかったそうです。主人は若い時分から思慮深く、その行動も慎重だったようです」

智子は夫の人柄をこう、説明する。

海軍奉職の履歴などに目を通すと、石岡は海軍予備航空団東京支部に、昭和十三年九月に入団している。法政大学高商部に入学した後、予備航空団へ入団。同校を卒業した十六年三月には、航空団での飛行教程も修業。飛行回数は百六十四回、合計五十六時間の飛行訓練である。

同年四月十五日、海軍の第八期予備学生として基礎教育のため土浦空へ入隊。三カ月後の十六年七月十二日、八期の彼ら四十三人は霞空に転隊し、中練教程や実用機教程に進んだのだ。九三式中間練習機による中練教程はその年の十二月十四日までであるが、最期の仕上げの時期、日米開戦の翌日(九日)、同期の山口要次《やまぐちようじ》が背面系特殊飛行(スタント)の訓練で殉職した。

石岡らは全員、中練教程に引き続き、分隊長の松村平太のもとで九七式艦上攻撃機（艦攻）による実用機教程に入る。翌十七年四月十五日に卒業。改めて戦闘機、爆撃機などに分かれ、それぞれ実施部隊へ配属された。

この「艦攻」教程の最後の仕上げの訓練で、民谷廸一、和田烝治の二人が搭乗した艦攻が墜落し、何度も繰り返すが、二人は殉職したのだ。

石岡夫妻の出会い

旧福岡村の中島家で取材を始めてから、私が持ち続けてきた疑問——智子は殉職した民谷廸一の妹ではないかという疑問は、智子本人の説明でほどなく氷解する。ただ、彼女は民谷の直近の肉親ではなかったが、縁戚関係にあった。智子の母親の旧姓は民谷で、両家は本家と分家の関係だという。

当時、殉職した彼らの遺族に対し、石岡は両家の遺族のほか、東京都内に住む大関鬼子郎にも「ソウナン・キトク」という電報を打っている。民谷廸一は日曜日の外出の際、同期の福西弥一郎（京都薬専）と浅野満興（大阪歯専）らを連れ、よく大関宅を訪ねていた。

彼らは畳の部屋で寛ぎ、当時は米や味噌などの食糧が統制され、配給制となっていた中で、智子の母親は数少ない素材をうまく利用し、精魂込めた手料理を振舞い、彼らは舌鼓を打ちながら馳走を平らげたのである。

学生長の石岡が大関鬼子郎宛てに電報を打った時、それを受け取ったのが、娘の智子だった。

顔も見たことがない、声も聴いたこともない電報を打った相手の娘が将来、自分の伴侶になるなどとは、この時点では夢想だにしなかったろう。智子は当時、跡見女学校に通う女学生で偶然、電報を受け取り、彼女は自宅近くの公衆電話からすぐに父親、鬼子郎が勤務する会社に連絡した。

「わかった。今からすぐ家へ戻る」

鬼子郎は娘の電話にそう簡略に返事をした。途中、都内の銀行に立ち寄り、現金を下ろして帰宅した。

「父は廸一兄さん(注・取材当時、智子はそう呼んでいる＝筆者)のことが心配で、現金が必要になると思ってお金を下ろしたものと思います。私も後で廸一兄さんが亡くなったことを知りました。私は学校がありましたから、海軍葬には出席しませんでしたが、私の両親は出席しました」

大関家にその当時撮った一家の写真がある。両親に挟まれ、智子の弟、悦男、その背後に彼女、その右隣に兄の欣次郎が佇んでいる。彼女はその写真を手にし、石岡からの電報を受け取った当時の状況を説明する。

「主人も、廸一兄さんに私の家に誘われたこともあったらしいのですが、主人は学生長という職務もあり、山のような書類を上官から押しつけられ、外出するにも身動きができなかったようです。遺族に電報を打った時、死んだと打たずに、遭難危篤と打ったのは、主人の心遣いだったように思います」

「海軍の予科練生もそうですが、予備学生らも〝娑婆の空気〟が吸えるということで、当時は日曜日の外出を楽しみに、本当に指折り数えて待っていたようですね」

「無理もありません。航空隊での規則に縛られた生活は大変、窮屈な生活だったと思います。それに当時の飛行訓練は、今では想像できないほど、厳しかったでしょうから」

「何時ごろからですか、石岡さんが大関家にお見えになったのは？」

対面する母子らの顔を交互に正視し、私は話を変えた。

「主人が初めて参りましたのは、廸一兄さんの殉職後ですね。『民谷君の遺品のようなものがないか、確認に参りました』と、私の家に来られました。その時、弟の悦男が、廸一兄さんと同じ服の海軍さんが来たよと、叫んでいましたのが印象に残っております」

「そうですか。子供だった弟さんから見ても、石岡さんは凛々《りり》しく見えたのでしょうね」

「海軍の士官服はスマートで目立ちますから、弟にはそう映ったものだと思います」

彼女の父親は和田烝治の父親、健三を慰めるため何通かの書簡を送っていた。その手紙に目を通すと、石岡が上京の折り、大関家を訪ねていることや、彼らの先輩である第七期予備学生、岡村貞之助（大阪大学）のことにも触れている。

岡村は石岡ら八期の飛行訓練を指導した教官の一人で、十八年四月七日、ソロモン群島で戦死している。大関夫妻が民谷、和田の海軍葬に列席する際、岡村が土浦駅まで迎えに来てくれたのが、その手紙から推察できた。

大関家を訪ねた石岡は、自分の故郷である尾道市の実家に戻ったような寛ぎを感じていたように思われる。当時、智子の兄、欣次郎は陸軍に召集され、この手紙で触れているように神奈川県下の仮兵舎で生活していた。

石岡は自分の妹（良子）より、三歳年下である智子に接し、最初は自分の妹のように感じたようだ。彼女から女学校の生活振りなどを聞き、妹の良子のことに想いを巡らしていたのかもしれない。

民谷ら二人が殉職した十七年三月十日のちょうど一年後、大関鬼子郎は和田健三に宛てた手紙で、遺族の悲しみを偲び、八期予備学生がすでに八人も亡くなったことを嘆いている。その手紙では、

「殉職されてからの一年間は何と永かった事でしょう。私共でさえもそうですから、遺族様としては更に永い悲しみの月日だった事と推察致します」

このようなお悔やみを述べている。

その後、大関は自宅で健三の息子、和田烝治、縁戚でもある民谷廸一、民谷の友人で一緒に遊びに来ていた福西弥一郎（ソロモン群島ムンダで戦死）の三人の写真を飾り、家族一同で民谷らが殉職した時間と思われる「午前八時七分」に旧福岡村の方面に向け、黙禱《もくとう》し、寺の住職から読経をあげてもらったと、和田健三に手紙で知らせている。

同期・木村正の人物像

一方、大阪市内の和田家には、同期らが哀悼の言葉を寄せた「寄せ書き」が遺されている。

民谷らと海軍予備航空団大津支部からの仲間、同期の木村正（京都薬専）は和田家に遺されている寄せ書きに「八時七分を指して止まる時計」と書いた。

こう書いた木村正だが、彼は特別攻撃機「銀河」で二十年一月十日、やはり、訓練中に殉職していた。

平成二年発行の『証言・昭和の戦争　あゝ還らざる銀翼よ雄魂よ』（光人社刊）に収載されている「海軍じょんべら予備学生出陣記」の中に、誰からも好感をもたれたという木村正の人間像などが描かれている。

分隊長の木村中尉は、前述のように八期飛行科出身で、一式陸攻の操縦員としてテニアン島で長らく哨戒任務にあったのち、わたしたちの教官として土浦空に着任したところであった。彼は京都生まれの京都薬専（現在の京都薬大）出身で、在学中から大津空（注・予備航空団大津支部＝筆者）において飛行訓練をうけたといい、角帽でおちょぼ口の、海軍の操縦員というよりは、民航国際線の機長といった感じのまことに温厚な人柄であった。

戦闘機や艦爆の搭乗員は、飛行作業そのものがまことにはげしいので、おのずと気性もはげしくなり、分隊長のように陸攻や輸送機、飛行艇などの大型機の搭乗員は、操作もしぜんと慎重になり、性格もおっとりした者が多かった。わが分隊長も典型的な陸攻乗りで、かつ英国紳士タイプでもあった。その彼も、私たちが土浦空の基礎教程を卒業した後、松島空において新機種の陸上爆撃機「銀河」での訓練中に、殉職されたとのことであった。

思いだされるのは座学の講義中にもときおり京都弁がまじり、外地生まれの標準語で育った私には、京都弁は女性言葉という先入観があったためか、まったく耳新しく聞こえ、軍人の教官というよりは、大学の講師といった感じの人であった。それでも飛行時間の方は七、八百時間というベテランであった。

九三式中間練習機（赤トンボ）で特殊飛行中に殉職した山口とは異なり、木村正は右記にあるようにマリアナ諸島のテニアンで哨戒任務にあたるなど実戦部隊に配属され、その後、彼は土浦空で十四期予備学生らの分隊長を務めている。どういう経緯によるものか、木村は終戦の二十年一月、松島海軍航空隊での新機種の陸上爆撃機「銀河」の試験操縦中に殉職したのである。

白鷗遺族会編の『雲ながるる果てに――戦没海軍飛行予備学生の手記』などの資料によると、殉職地は出水《いずみ》基地（鹿児島県）となっているが、「海軍じょんべら予備学生出陣記」の筆者で、第十四期予備学生の永田経治は「松島空において殉職されたとのこと」と書いている。永田の記憶違いであろうか……。また、出身地は京都市だが、本籍地は大阪のようである。

木村正が最後に配属された航空隊（基地）が不明瞭であることは、細かいことだが気になる。永田経治の文章と白鷗遺族会が編集した書籍の巻末付表が相違しており、私は不可解な感じを抱いていた。雑誌「別冊歴史読本」（新人物往来社、平成十九年五月）で、たまたま「特攻作戦」を特集していた。それを読み、その道理にいくらか、自分なりに納得する。

陸上爆撃機「銀河」

「宮崎海軍航空隊は、昭和十八年十二月に陸攻機の練習部隊として開隊したが、部隊は翌十九年八月に宮城県の松島基地に移転し、飛行場は陸海軍の作戦基地になった。そして沖縄に米軍が上陸するや、特攻の最前線基地の一つになった」

雑誌の記事の中に右記のような件があったからだ。

宮崎空はこの文章にあるように二十年三月から、特別攻撃の陸上爆撃機「銀河」隊の最前線基地となっている。三月二十一日、菊水部隊銀河隊の一部が出撃したのを皮切りに第一銀河隊、第二菊水彗星《すいせい》隊、第二銀河隊など二十年五月末まで、この基地から次々と出撃し、米艦艇に「特攻」攻撃をかけている。その数五十五機、大海に散っていた隊員は百五十二人を数えたという。

テニアン島などの実戦部隊で哨戒任務にもあたった木村正は多分、土浦空の第十四期予備学生らの分隊長から、陸上爆撃機「銀河」の搭乗員の隊長として特攻要員に選抜され、鹿児島県の出水海軍航空隊（基地）から出撃する発令を受けていたと思われる。その前に宮崎空に配属され、先の文章にもあるように木村が所属する部隊は十九年八月、松島空に転隊し、木村はそこで連日、特攻作戦の猛訓練に励んでいた。その特攻訓練中に殉職したと推察される。

終戦の年の一月十日、木村正は飛行経験が豊富で、卓越した操縦技術も有していたにもかかわらず、不運にも殉職してしまった。大関鬼子郎が和田健三に宛てた手紙には「十八年三月時点で、第八期予備学生は、もう八人も亡くなった」と嘆いている。木村が殉職した当時、航空戦はますます苛烈を極め、そうした中で彼らは、前線の指揮官として配置されたのである。

八期生たちの運命

前出の「海軍予備学生・生徒」の編著者、小池猪一によると、彼ら八期四十三人は第一線部隊に配属された三十七人中、二十四人が戦死し、実に約六五パーセントもの高い戦死者率という。この他、三人が殉職し、終戦時に残った者は僅かに十六人。小池は「彼らは、常に海軍航空作戦の第一線の指揮官として勇戦奮闘したことを物語っているといえる」と指摘する。

繰り返すが、十八年三月時点では、霞空での実用機教程の卒業を控え、三人が殉職し、その後、杉本光美（大谷大学）が十月十八日、ソロモン群島で散華。杉本は当時、七〇五航空隊に所属し、中型陸上攻撃機（中攻）の機長としてブナ基地を出撃し、ガダルカナル島攻撃に向かう途中、戦死した。その翌日、森本繁生（早大専法）は南洋のボルネオ島とニューギニアに挟まれたセレベス島方面で哨戒中に戦死していた＝巻末の海外航空基地配置図参照。

また、大関鬼子郎が手紙の中で三人の遺影を飾り、黙禱したという福西弥一郎は十七年十二月二十四日、ソロモン群島のムンダで戦死。翌十八年一月十七日には、浅野満興（大阪歯専）がニューギニア方面で若い命を散らしている。更には松橋泰（早大）が横須賀基地実験部でテストパイロット中に殉職していた。

記念写真

私が都内の石岡家を訪問した日は小雨が降る寒い日であったが、暖房の効いた応接室は暖かく、上着を脱ぎ、智子の話に耳を傾けた。彼女は茶菓子を勧めながら、遠い昔を回顧するような調子で話を続けた。

「廸一兄さんの遺品といえば……兄さんは礼儀正しい方で、我が家に立ち寄った後は、父、母、兄、私にそれぞれきちんと礼状を下さいました。その礼状の中に今度うかがう時に、ベートーベンの第九の楽譜をコピーしてきてあげます、と書いてありました。遺品の中に、確かに第九の楽譜があったそうです」

「もちろん当時は、コピーといっても手書きなので、書き写す時間がなかったということでしょう」

息子の祥男がこう補足する。

「廸一兄さんがよく、家にお連れした福西さんも、浅野さんも、とても温容な人たちで、特に福西さんは物静かでありました。年の離れたお姉さんが、お優しいと話していましたね」

「民谷、浅野、福西の三人の皆さんは、予備航空団大津支部時代からの戦友だったようです」

「そのようですね。廸一兄さんは大津支部に入団した当初、両親には内緒だったようです。後で両親に知られた時、勉強がやさしいので空いた時間に飛行機に乗っている、と弁解したようですが……」

法政大高等商業部で全学科「優」で通し、特待生として卒業生総代に抜擢された石岡敏靖と同じように京都大学を卒業した山口要次も、大阪大学の民谷、東京歯専の和田も学業成績はみな優秀だった。彼らに限らず同期はみな海軍予備航空団に所属し、飛行訓練に励みながら学業成績は優れていた。

実用機教程に入った十七年二月、殉職した山口を除き、霞空の隊舎を背景に全員で記念写真に収まっている。この写真には後輩の彼らを指導した第七期出身の教官、岡村貞之助も最前列の右から二人目に写っている。大関鬼子郎の手紙に記されていた岡村貞之助が左手に軍刀を持ち、正面を見据えた雄姿はなかなかの人物に見える。

その一カ月後、民谷、和田の二人が殉職。四十人が同年四月十五日、実用機教程を卒業し、全員少尉に任官したのだ。石岡をはじめ吉村敏行（東大工学部）、小野光康（東大文学部）、川口俊六（東大工学部）、それに歌田義信（同志社高商）の五人が、次に入ってくる後輩の予備学生を指導する教官として霞空に残ることになる。

石岡の訓練方針

前掲書『飛魂』の中で第十期の指導官付だった石岡が、当時の訓練方針を述懐した文章を引用する。

当時は開戦当初のことでもあり、戦意大いにあがっていた時で、誰も前線に出たい気持ちに満ち満ちていたが、私は特に「今、是非共急速に養成しなければならない飛行科予備学生の教育訓練は、前線で働くことに優るとも決して劣らぬ重要な任務である。君は前線に出ることは考えないで、如何にすれば精神と技術の優秀な士官を速く育成することができるかに全力を尽くせ」と言われ、そのあと九期、十期から十五期に至る予備学生、一期予備生徒と、終戦まで一貫して教育訓練に従事することになった。

そこで五月六日、九期の飛行訓練が始まるまでに、今まで海軍に入って自分の受けた教育訓練を反省して、江藤隊長、野中、松村両分隊長および各教官から受けた教育に自己の考えを加えた教育方針を立て、九期予備学生の飛行訓練を行いながら更に練り上げて、十期予備学生の飛行訓練の始まる六月一日を待った。

その方針は、まず、訓練中は絶対に死亡事故を起こさぬということであった。あの時代にパイロットを志しながら、戦場で散るなら別として、訓練中に斃れるのでは、本意である筈はないし、養成訓練にも支障を来たし、機材の損失も大きい。従って早く、無事に、十分な技術を身につけてもらいたいと思った。

この方法は、その後も終戦まで続け、幸い私の隊では死亡事故は皆無であった。

石岡の信念にも似た方針は多分に開戦当初、同期三人が訓練中に殉職した事実に裏付けられたものと推察できる。八期の予備学生らは民谷、和田の二人が殉職後、同期全員が感想文を書かされている。石岡の妻、智子が彼と結婚後、夫から聞いた話は次のようなものだった。

「主人は、あのような悪天候時、飛行訓練を実行するのは教官の判断が間違っている趣旨の感想文を書いたそうです。その教官はカンカンに怒り、主人は叱られたそうです。その後、その教官にどうされたのかは、主人は何も言いませんでした。多分、物凄く殴られたものと思いますが……」

飛行訓練を悪天候時に行うのも実戦を想定したのであれば、やむを得ないような気もする。どこの航空隊にも古参の教員や教官はいた。特に叩き上げの特務士官らは「精神力」だけを偏重し、悪天候などものともしなかったようである。しかし、石岡はそのような方針に毅然とした態度で異議を唱えている。

「優秀な士官を育てることが飛行訓練の第一義であり、訓練中に死亡事故を惹起するような飛行計画は無意味で、教官の落ち度でもある」

彼はこのような見解を持っていたのではないか――。

石岡自身が『飛魂』に寄せた文章でこう、言明している。

「まず、訓練中には絶対に死亡事故を起こさぬということであった。あの時代にパイロットを志しながら戦場で散るなら別として、訓練中に斃れるのでは、本意である筈はないし、養成計画にも支障を来たし、機材の損失も大きい」

このような見解は「特攻に反対」したことにも通じるものがあり、これに関しては後の章で述懐する。

「事故当時、九七式艦上攻撃機を操縦していたのが和田さんだった。民谷さんは後ろの席でナビゲータ役と思います。二人が殉職する前、やはり三カ月前に殉職していた山口さんの遠縁にあたる方、千葉県内に住む人がこの時の事故での飛行機の操縦役に関し、殉職した和田さんの末の弟さんから直接、そのことを確認したようです」

「そのことについては私どもも、承知しております。ただ、戦時中のことなので、二人が訓練のため搭乗し、殉職したのは仕方のないことと考えました」

「和田さんの遺品にあった航空記録では、和田さんは浅野満興さんと一番コンビを組んでいたようです。二人の同乗記録は二十四回にも、のぼるらしいです」

「そうですか。浅野さんは民谷とも仲が良かったみたいです。よく、私の家に連れて来ていましたから」

一人の殉職者も出さず

十七年四月に実用機教程を卒業した彼らは、前述したように石岡や歌田ら五人が後輩の予備学生を指導する教官として霞空に残った。同年十一月十日付の石岡から和田健三に宛てた手紙でも「五人ともすごく元気で、今月末に最期の学生を送り出す予定です」と綴っている。

その十日後、第十期予備学生が中練教程終了時に撮った集合写真には石岡と歌田義信、川口俊六の三人が教官（中尉）として二列目に写っている。一方、同年四月の第九期予備学生の中練教程開始時の集合写真には吉村敏行、小野光康が教官姿である。

手紙にあるように五人とも互いに連絡を取り合い、「事故を絶対、起こさない」と誓い合いながら後輩の指導に明け暮れていた。五人のうち台湾沖の着艦事故で死亡した歌田を除き、ほかの四人は戦後も存命だった。

石岡らの教え子である第十期の渡辺聰四郎も『飛魂』に手記を寄せている。渡辺の「思い出すまま」と題した小論を読むと、八期予備学生の小野光康が登場する。渡辺は十九年四月から終戦時まで築城海軍航空隊（福岡県）に在隊し、敗戦直後の帰省する時の状況を綴っており、先輩の小野も在隊していたようだ。

死ぬ気はしなかったが、生きて帰れるとも思っていなかった。飛行隊長より、トラック一台やろうか、飛行機で帰るかといわれ後者を選んだ。小野大尉（八期）の後席に乗り、広島の陸軍飛行場で一晩過ごし、米と缶詰をもらい翌日三時頃、厚木に飛行機を乗り捨てた。とうとう飛行機は、一機もこわさなかった。

八期の学生長、石岡は同期らと同じように前線で働きたいと思っていた。彼は和田の父親に宛てた手紙の中で、「南太平洋に戦雲頻りに去来して居りますが、八期の諸君も奮戦して居ることと思います。私もこの学生が卒業しますと遅ればせながら参加できるのではないかと心待ち致して居ります」と結んでいる。

「主人も後輩の予備学生の教育訓練の教官から、とにかく前線に移してほしいと、訴えたそうですが、その結果、移されたのは近くの谷田部航空隊（茨城県）だったと、笑って話していました。結局、八期の予備学生で終戦まで戦地に行かなかったのは、主人だけだったと思います」

教官として後輩の教育を任された以上、石岡は「如何にすれば精神と技術の優秀な士官を速く育成することができるか」に腐心し、教官一筋で終戦まで通したのである。彼自身が「時には情を知らぬ鬼と見えたかもしれない」と述べているように、終戦まで予備学生や予科練生をしっかり訓練した結果、幸運にも一人の殉職者も出すことはなかったという。

第七章　二つの石碑の建立を発起した英雄

謎に包まれていた建碑発起人

日米開戦が勃発した直後、茨城県稲敷郡の阿見の原野に特殊飛行の訓練中に墜落した山口要《やまぐちよう》次《じ》。その三カ月後、同県旧福岡村（現・つくばみらい市）の松林に墜落した民谷《たみや》廸一《みちかず》と和田《わだ》烝《じょ》治《うじ》の二人。彼ら八期の三人が開戦早々、訓練中に不運にも殉職していた。

彼らの慰霊碑を殉職地に建立しようと口火を切った人物、建碑発起した人物がようやく特定できたのである。山口の足跡を追っていた元証券会社役員の嘉本隆正が和田烝治の父親、健三宛ての封書などを手掛かりに、和田家の戦時下の住所から遺族を突き止め、大阪市内に住む遺族の元を電撃訪問していた。

和田家に保管されていた数多くの書簡類などを借り受け、嘉本はそれらを連日にわたり根気よく調べたのである。そして二つの石碑建立を発起した人物を、ようやく特定することができた。

今まで謎に包まれていた建碑発起した人物は、早々に殉職した三人の同期である歌田義信であると特定した。その歌田自身も十九年五月、台湾沖の南シナ海で皮肉にも着艦事故で殉職していた。

嘉本が山口の足跡を追跡する動機は次のようであった。

「兵士になった叔父たちのことは当初、その事蹟の〝断片〟がわずかに残されているのみでした。調べ始めているうちに二人の叔父の全貌が、徐々にわかってきました。そうすると、記録に残そうと思い、数年がかりで彼らの記録をまとめることができました。そうした経験の中での、山口碑との出会いだったのです」

粘り強い性格と資質で、嘉本は和田家に遺されていた数多くの書簡の束から一つひとつを整理し、石碑を発起した人物――歌田義信を特定したのである。実際、和田家には歌田の手紙のほか、学生長の石岡、民谷の父親、慶之助や山口の長兄である勝平、都内に住む大関鬼子郎、旧福岡村の地権者、中島千吉らの書簡や写真なども遺されていた。それら膨大な書簡類が和田家を継いだ大阪市内に住む和田烝治の甥の自宅に今も大事に保管されていた。

和田烝治の甥は戦後、両親と共に旧福岡村に所在する叔父の殉職碑を参拝している。甥は、祖父の健三や長兄（烝治）想いの父親の遺訓に従い、それらの書簡を大切に長い歳月にわたり保管していた。遺されていた写真の数々を改めて観ると、旧福岡村の殉職碑には確かに民谷廸一と和田烝治の名前が刻まれているのがわかる。

石碑の建立時、何枚かの写真が撮られ、その中の一枚に殉職碑の土地所有者として積極的に協力した中島千吉の姿も見受けられる。坊主頭で丸い眼鏡をかけた千吉が石碑の傍らに佇み、実直でいかにも田舎の吏員というような顔が印象的である。碑陰に刻まれた民谷、和田の二人の名前や肩書などのほか、山口の建碑と明らかに異なるものがある。

第三章で少しだけ触れたが、次のような清冽な和歌《うた》が刻まれていた。

春来れど　今日の淋しさ　大空の

作者は「銃後の一女性」と刻まれているだけで名前がない。和田家には、この作者が書いたと思われる手紙と封書も遺されていた。しかし、女性が誰なのかは、本名も住所も不明で、この時点では大きな謎といえた。銃後の一女性が綴った手紙を封筒に入れ、和田健三に送付した者がいる。

和田、民谷らの同期で、神戸市出身の鈴木敏（日大工学部）である。彼は戦後も存命だった。和田健三に宛てた手紙や和歌の作者については、後の章に譲ることにする。この章では旧福岡村の殉職碑と山口碑の二つの石碑を発起し、自らも殉職した歌田義信について触れる。

二つの建碑の共通点

二年前の晩秋、山口碑を参拝した嘉本隆正や赤堀好夫、石井克己と妻の和美、私も含め誰もが当初、その建碑を詣でた際、戦時下にこのような石碑が建立されるのは異例という認識を持った。

ある事情から山口の建碑は唯一例外ではないかと、嘉本らは推察した。しかし、翼の形を模した同様な殉職碑が新たに旧福岡村に現存することを確認し、その認識を捨てざるを得なかった。山口碑と併せ、石碑建立者や経緯は依然、謎に包まれていたのである。私自身も実際、旧福岡村に赴き、赤堀ら調査委員と同じように建碑発起者に関し、あれこれ推測したが、残念ながらわからないというのが正直な感想だった。

旧福岡村の石碑の地権者、中島臣道も祖父の千吉が協力したことだけは知っていたが、詳しいことは不明という。ただ、二つの建碑には共通の碑文「航空殉職之地」が刻まれ、石碑の材質など数多くの共通点があったのも確かである。

これらの石碑の存在をどのように考えたらよいのか。取材が進むにつれ、殉職した三人の予備学生が在隊する霞空の関係者が建立したものであろうと、確かな根拠はなかったが、調査委員らと同じように私はそういう意識に支配されていた。

石碑の建立者は当初、遺族や地元住民という説も有力だったが、霞空の関係者ではないかという確信を抱くようになっていた。結果的には和田家に保管されていた膨大な書簡類から、この謎に満ちた石碑建立の発起人が解けたのである。そういう意味では、嘉本や赤堀ら調査委員の推論は遠からず当たっていた。しかし、微妙に的を外している。殉職者らの同期、歌田義信という人物を特定できなかったというより、ほとんど予想できずにいたからだ。

弟・要次を哀悼する姉の想い

航空殉職之地と揮毫された石碑の建立者に関する真相を、和田家に遺された書簡で検証する。

山口要次の姉、奥井ミヤ子が十八年四月三十日、和田健三に宛てた封書が、その謎を解く重要なカギと思える。彼女の手紙を読むと、自慢の弟だった要次を哀悼する姉の痛烈な想いを感じる。ミヤ子は当時、奥井廉と結婚し、兵庫県姫路市今宿の官舎に住んでいた。

私は去る三日、四日と二日続きの休日に霞ヶ浦に参り、弟の殉職地を訪ねて参りました。場所は霞空から僅《わず》か一里余りのところでございます。けれど乗り物もなく、案内して下さった歌田様も初めてでございましたので、思いのほか、手間取り一日かかってしまい、お宅様の福岡村へもお参りさせて頂きたく存じながら、時間がなくて殊に残念に存じて居りました。付近には人家もございますけれど、一寸《ちょっと》した林のなかでございます。今も尚、当時のままで土を掘れば、ヒコーキの破片が出て参りますので、弟の遺骨のような気が致し、少々持ち帰りました。

一昨年四月入隊前、弟が植えてくれた紫蘭の花が今年もまた、たくさん芽を出しましたので、その紫蘭と楠の苗木を持参致し、植えて参りました。いつも、いつも元気な愉快なことのみやっていた弟が、淋しい終焉の地を私に訪ねて貰うなどとは予期も致しませんでしたでしょう。霊あらば喜んでくれていることとせめて慰めて居ります。

霞空の講堂で執り行われた山口要次の海軍葬に列席した姉のミヤ子の右記の文面から、当時の阿見原の不便な状況が彷彿する。霞空から墜落現場まで僅か四、五キロほどしか離れていないのだが、彼女が書いたように「案内して下さった歌田様も初めてでございましたので、乗り物もなく、思いのほか手間取り、一日がかりだった」とある。

戦時下であり、華美な服装は禁止された時代であり、彼女は紺絣《こんがすり》のモンペ姿に下駄履きだったと推察される。今のような整地されたアスファルトのような舗装道路ではないので、鬱蒼《うっそう》とした雑木林などの間を縫うような草深い山路だったのではないか。当時は食糧も統制され、切符制に切り替わり、旅館などに泊まるにも米を持参しての宿泊である。

その前年には全国の女学生らに国民服着用が強制され、学徒の集団勤労や女学校内にも勤労挺身隊などが組織され、暗く窮屈な時代である。今なら物見遊山の快適な鉄道旅行となろうが、兵庫県姫路市に在住する奥井ミヤ子にとっては、遠い茨城県の土浦駅まで来るのには何度も汽車を乗り継がねばならず、辛い長旅である。しかも出費も含め、相当な苦労があったと思われる。

そんな苦労を押しのけてまで、奥井ミヤ子は殉職した実弟のため、彼の終焉の地に赴いたのだ。

「土を掘れば、ヒコーキの破片が出て参りますので、弟の遺骨のような気が致し、少々持ち帰りました」

ミヤ子は確かにこう綴っている。そして手紙の最後の件では、「弟が、淋しい終焉の地を私に訪ねて貰うなどとは予期もしませんでしたでしょう。霊あらば喜んでくれることとせめて慰めて居ります」と哀切な文章で締め括っている。

亡き実弟を詣でた奥井ミヤ子の一部始終を見ていたのが、草深い現地へ案内した歌田義信である。彼女の弟に対する哀悼の仕草に立ち合い、歌田は心の奥底から生じてくる感情の何かを確認したのではないのかと思う。手紙の行間からも、ミヤ子の顔の表情や一連の哀悼の行為、所作は動画の一コマ、一コマのように目に浮かぶ。

右記の手紙から約二カ月後の十八年六月十一日、彼女が和田健三に宛てた左記の書簡では、要次の先輩が歌田と会ったことが報告されている。

此の度、歌田様、同期の皆様の御芳志により、殉職地に碑を建てて頂きます由、先日、弟の先輩の方が社用で福島県へ御出張の席に霞空へも寄られて歌田様とお会いになりました由、その方から詳しい様子を聞かせて頂きました。費用まで出して頂きますのはほんとうに勿体ないように思われますけど、折角の御好意でございますので、雑費だけでも出させて頂きたいよう申し上げておきました。

奥井ミヤ子の手紙の中にこのように何度か、歌田のことが登場する。彼女が最初、山口碑を訪れた際も彼の案内であり、健三への二度目の手紙には歌田ら同期の「御芳志」により、事故現場に石碑が建立されることを示唆している。志半ばで斃れた同期の遺族らに対する歌田の優しい心遣いとも思われる。

歌田義信が残した書簡

一方、建碑発起の本人である歌田自身が和田健三に宛てた書簡もある。その書簡からズバリ、石碑建立を発起した真相をうかがい知ることもできる。彼は民谷、和田の二人が殉職した翌年の六月、霞空の第一士官舎から健三へ検閲済みのハガキを出していた。建碑発起の強固な意思を率直に書いていた。

今回、小生一存の考えで和田、民谷君、並びに山口君の殉職の地に記念碑を建てることに決めまして現地にも行き、土地の提供を受けまして大体七月末までに完成させる予定で居ります。碑文は司令官に御願い致しました。尚、費用は同期の者より取る考えで居りますから決して御構いなく、いずれ後便にて経過御通知致します。碑の型は次の通りです。土台としては土を以て「ピラミッド」型に積む考えで居ります。（注・手書きの絵図入りで、寸法は幅一尺七寸、高さ三尺と記載＝筆者）完成の折には写真を撮りまして御送付申し上げます。工事は付近の人の勤労奉仕に依り、完成させるのであります。取り急ぎ用件のみ。暑さに向かいますので御健康に留意せられ、御健闘御祈ります。末筆乍《なが》ら皆々様によろしく。

二つの殉職碑の大きさや形など、歌田は翼の形のイメージも右記のように遺族らに示していた。最初の発想では、建碑費用は在隊の同期から徴収し、賄うつもりだからお構いなくと、書いている。碑文に関しては、司令官に願ったと書いてある。

前述したように当時の霞空の司令は千田貞敏。彼にその願いを上申したものと推察できるが、その結果は不可だったのか、定かな理由は不明である。千田は十七年十一月まで霞空で司令である。山口、和田、民谷の三人が殉職した時、霞空の最高首脳であったのは間違いない。

その最高幹部に対し、要望趣旨がどう伝わったものか、歌田の願いは結果的にかなわなかった。副官や他の幹部らに拒絶されたものか、それとも遺族から碑文を揮毫したいとする要請を受け入れたものか……。

このハガキから理由を特定するのは不可能である。彼は司令に碑文を書いてもらうことを諦め、結果的には有力な遺族――戦前の有力財閥系の「浅野物産」社員、和田健三に書いてもらうことに変更した。その辺の事情は不明ながらも、十八年七月二十九日、歌田が健三に宛てたハガキ（検閲済み）で、それらの事情を若干知ることができる。

拝復　御手紙拝見いたしました。酷暑の候、御家内皆々様御壮健の御事と拝察します。碑文の件、先便にて御送付申し上げた紙は、石の大きさと同じであります。且つ、裏面にも書く予定であります故、表裏二枚お送り下さい。お申し越しの通り、肉親の方が書いた方が矢張り良いと思います。成るべく急いで御願い致します。簡単乍ら御返事まで。

当初、司令から揮毫をしてもらうつもりだったのだが、和田健三に書いてもらうよう計画を変更している。それは多分、遺族側からの辞退ではないかと推測される。兵庫県飾磨市内で清酒「敷葉菊」「ひめ綿」などの酒造会社を経営していた民谷廸一の父親、慶之助が十八年六月、健三に宛てた封書を読むと、それとなく遺族の立場や見解を知ることができる。この手紙は当時の経緯や関係者らを推察するうえで重要なので全文引用する。（注・□は不明な字＝筆者）

御手紙拝見。司令官閣下としましては多数の殉職者の内、我々のみ御□□御揮毫下さる事は御立場上、御困りの御事と存じ、実は先般の御芳出に依り、中島様へ□事、宜敷く御世話御願い申し上げ候。早速、大藤様同道にて青木様のご了解を得られし由之後通知有りて、大関氏も除幕の日を待ちて居る次第に御座候。

御意見之通り、戦功ある英霊を差置いて建てると言うるは誠に礼を欠いたる事にて心苦しい次第です。折角、同期の戦友の御心遣を御遠慮するも失礼に当たり、亡き倅《せがれ》等の気持ちを思えば、せめて記念碑丈《だけ》でもと愚考致し候。

地元の方々には誠に御迷惑と存じ候。（中略）当節、予備学生之存在が一般に判り、国防の必要上、大々的に募集相成り居りし、折柄故、返って克き印象を与えるかとも存じ候。又地主の御了解も受け居る故、格好でも（親の心で思い暮らして居ります）と存じ候。

若《も》し、記念碑でしたら、

故海軍飛行科予備学生　工学士　民谷廸一

と御願い致したいです。法名より俗名之方が永久にわかり易くと存じ候。

殉職した民谷の父親、慶之助の深く、思い悩んだ末の苦渋の決断であり、当時の殉職した遺族の想いを的確に表現した文章と思える。慶之助が「御意見之通り」と前置きしたうえで、「戦功ある英霊を差置いて建てると言うるは誠に礼を欠いたる事にて心苦しい」と吐露しており、健三からの書簡に対する返信であることを考えれば、多分、健三もまた、慶之助と同じような見解を示していたものと推察される。

戦死した英霊に対し、ここでも殉職した遺族の控え目な心遣いが読み取れる。

「戦死」と「殉職」

当時の世相にあっては、軍部内でもそうだが、「戦死」と「殉職」とでは明らかに一線が画されていた。戦時下での殉職は、ある時期まで名誉の戦死の仲間入りをしていなかった。実際、戦死と殉職では、叙位や叙勲も差異がある。特攻などの特別な戦死は二階級特進したが、殉職は一階級の特進だった。祭祀料や弔慰金でも戦死と殉職とでは異なっていたのではないかとも推定される。

民谷慶之助はこの手紙で、海軍がこの時期に予備学生を大募集していることにも触れ、こういう時期の建碑なのでかえって海軍当局に好印象を与えるのではないかと、感想を漏らしている。

第八期予備学生は四十三人だけだったが、昭和十八年九月入隊の第十三期以降は戦局の衰退により、搭乗員の増強を図るため数多くの予備学生を採用した。特に十三期は四千九百人を超え、それまでの全採用者の十倍もの人員となる。

十三期は「神風特攻隊」の中核として、その三分の一が南シナ海の台湾沖やフィリピン沖、沖縄決戦で戦死している。これら特攻隊指揮官の八十五パーセントが予備学生出身の士官だった。

民谷慶之助が和田健三に宛てた十八年九月二十七日付の書簡では、「只今、山口学生の御姉上御来宅下され、歌田中尉殿より一日付けにて他に御転勤之発令有之由、速達報にて御通知有之由（略）一日夕土浦着、二日建碑の手続きして三日、同期生御同伴願い、山口様と小生等の墓前祭（読経）仕《つかえ》りてはと考え、山口様とも打合せ次第に御座候」と綴られている。

第八期殉職者の遺族同士の絆、緊密な連携が図られていることがうかがえる。この手紙は山口要次の姉、奥井ミヤ子が民谷家を訪ねた際の事情を記したものだろう。書簡の往来は石碑がほぼ完成し、現地へ行くため遺族らは、互いに日程などの連絡を頻繁に取り合っていたと解釈できる。民谷慶之助や奥井ミヤ子は同じ兵庫県内に住んでおり、和田健三はその隣の大阪市内に住んでいた。

歌田義信の〝獅子奮迅〟

石碑建立を企図した歌田義信はそれぞれの遺族からの要望を受け入れ、最終的に和田健三に揮毫して貰うことにする。十八年九月二十五日、歌田は健三宛てに左記の封書（検閲無し）を速達便で出していた。封筒の住所地は、何時もの霞空の第一士官舎からではない。茨城県土浦市祇園町、影山伊之助内となっている。

この手紙で歌田は、追記として「封筒の住所は便宜上用いた住所でありまます故、御手紙は隊宛に頂きます」とわざわざ断りを入れている。多分、同市祇園町の影山とは、彼ら予備学生が外出した際、寛《くつろ》ぐ海軍士官の専用クラブ（寄宿先）のようなものと考えられる。

石碑の件、甚だ遅延致し申し訳ありません。石屋の方も完成しましたので明後日（日曜日）現場に行き、中島様と打ち合わせをする事に決めて居ります。唯、運ぶ方法に良い方法がなく、丁度百姓さんは忙しい時でありますので、牛車も使えませず弱って居りましたが、土浦駅前の㊣の「ダットサン」を貸して貰って運ぶ事にきめました。今月末に使えるそうです。

次に費用の件でありますが、種々考慮致しましたが、結局、副長の言も考えまして同期の費用負担は作らない方が良いのではないかと思いまして之は勿論、他の者とも話し合った結果であります。それ故、そちらから直接石屋の方へ御支払い下さいましたら非常に幸せと存じております。

尚、小生、今回十月一日付にて転勤する事に内定致しました。勿論、何処か解りませんが決定しました。それ故、是が非でも今月中に作り上げる積りで居ります。故、何卒御安心下さい。転勤致しましたら早速、御通知致します。碑が完成致しましたら、民谷様も御一緒に一度上京されたらと考えて居ります。唯、小生が居りませんので残念とは思いますが、石岡が居りますので不便あるまいと思って居ります。何卒、碑に関しましては御心配なく、小生、必ず建碑の上、転勤致します。

建立する石碑も石材店で完成し、それを運搬する「ダットサン」の手配など、歌田の積極的な行動力や潑剌《はつらつ》とした姿が目に浮かぶ。ただ、石材店に支払う費用など当初計画では、同期から募る方針だったのだが、副長の助言を受け入れ、遺族らに直接、石材店に支払うよう促してもいる。彼の若干の〝勇み足〟と思えなくもないのだが、石碑建立は何といっても彼の〝獅子奮迅〟の働きがなければ、実現しなかったのは間違いない。

建碑のため自分の土地を提供した旧福岡村役場吏員、中島千吉が歌田の当時の行動などを報告した書簡も残っている。十八年九月二十七日付のハガキで、中島は「突然、二十六日午前十時頃、来られまして種々御話致しました。現地まで参り、焼香を済ませ、建碑方法についても協議致しました。歌田中尉殿も十月一日、転隊之由。（建碑の作業）当方で御引き受けました。建碑次第、写真を歌田殿に発送する事を約束致しました」との記述がある。

当の歌田は当時、実施部隊へ転隊するのが決まっており、発令前だが転隊先は内定していたものと思える。彼は当時、建碑の問題を抱え、霞空で後輩の予備学生の飛行指導の教官だった。何かと多忙だったように推察される。時系列的にやや遡《さかのぼ》るが、中島千吉は十八年六月十四日、和田健三にハガキを宛てている。この書簡にも歌田が建碑発起したことが記されていた。

故和田空神の為、同級生、歌田少尉御発起に依り、記念碑建設下さる（中略）御礼申し上げました。仰せに依り、昨十三日の夜、大藤氏と同道にて松清通町の青木氏を訪問、事情報告（中略）大層、青木氏も喜んでくれました。まだ歌田殿より何等の折衝もありませんが通知があり、当方の労力など御利用下されば。委細はまた後便にて。

中島千吉と歌田は十八年六月十四日時点では、まだ顔を合わせていなかったようである。ただ、歌田はこの時期、各遺族や地権者に建碑発起を宣言し、その後、石碑建立のため本格的に根回しに動き始めたと思われる。中島の書簡にもあるように、歌田は殉職した同期三人のため、後輩の飛行訓練指導の寸暇を縫って墜落現場の地権者らと折衝していたのである。

その一方で上官や同期らにも理解を求め、遺族らに建碑の進捗《しんちょく》具合などを報告している。彼の孤軍奮闘を側面から支援したのが、「貴様」と「俺」の関係の同期だったと思われる。

志半ばで斃れた三人の殉職者を考えると、戦時下であるゆえ、「死」を背負って実施部隊で働く同期らも「明日は我が身」と覚悟を持っていたと推測される。三人の戦友のため石碑の建立に向け、八面六臂《ぴ》の働きをした歌田義信は二つの殉職碑の完成を見届けた後、実戦部隊へ転隊したのだ。

歌田義信の死と父の無念

歌田の転属先は「九三一航空隊」(昭和十九年二月開隊)。彼は皮肉にも十九年五月十五日、台湾沖の南シナ海の洋上で、艦上攻撃機の着艦事故で殉職したのである。戦地での着艦事故ということでもあり、彼は戦後、名誉の戦死扱いとなっている。彼の書き遺した書簡類には石碑建立を思いついた真意や理由などは残念ながら記されていない。

一つ考えられるのは、海軍が真珠湾攻撃で勝利した翌日、殉職した山口要次の姉、奥井ミヤ子が最愛の弟の墜落現場に赴いた際、前述したように現場へ案内したのが歌田である。彼女が草深い荒れた墜落現場で、弟の霊魂を鎮めるように紫蘭と楠の苗木を植樹する姿を概観し、歌田の心の深層に何かが芽生えたのではないだろうか……。

殉職した戦友のため歌田は形のあるものをと、考えたとしても不思議ではない。それが、建碑を発起した動機ではないかと思う。

渦中の歌田義信の人間像を掘り下げる必要を感じ、私は彼の入隊前の住所「広島市矢賀町」などを調べたが、戦時下の住所となっている地域には現在、歌田姓を名乗る人は存在しておらず、ただ、広島県東広島市内に彼の父親、歌田義隆が生まれた実家のあることを知った。

父親の実家で、現在の世帯主は昭和十四年生まれの歌田富弥である。彼は私の取材に対し、「残念ですが」と前置きした上でこう話してくれた。

「私は義信さんが戦死した当時、まだ幼かったので全然、海軍に入隊した彼についての記憶も、顔もわかりません。それに義信さんの遺品なども全然ないです。ただ、彼の父親、義隆さんは私の祖父の弟ですので、義隆さんの晩年については、私の父親から断片的な話ですが、幾らかは聞いております」

「どのようなことでも構いません。お聞かせ願えませんか」

「義隆さんは、息子の義信さんを本当に良い息子だったと言い、晩年はうわ言のように『義信の飛行機が飛んでいる』と口走っていたらしい。義隆さんはバス会社の経営陣の一人で、かなり羽振りもよかった時代もあったようですが、奥さんが亡くなり、後妻の方をもらった頃から戦死した義信さんの弟、義彦さんとも仲違いをし、息子夫妻とは別居したようです。戦死した義信さんの弟、義彦さんは京都帝国大学を卒業し、広島県庁の総務部長まで務めた立派な方だったんですが、その義彦さんも一人息子を亡くし、間もなく亡くなりました。私どもと義彦さんの嫁さんとは今も、まったく交流はありません。ただ、戦死した義信さんや父の義隆さんのお墓は、今も私どもで護っております」

南シナ海の台湾沖で戦没した八期飛行科予備学生、歌田義信の父親、義隆は昭和四十年七月に死亡している。終戦の翌年、義隆は戦死した息子——義信の墓を建立したのである。

定年退職するまで広島県内の有力百貨店に勤務していた歌田富弥は取材での応対も丁寧で、私の取材に対して真摯に向き合ってくれた。富弥は最初、義彦が長男で〝戦死〟した義信は次男と思っていたらしいのだが、彼の屋敷裏手にある義信の墓の刻字を再度確認したら、実際は義信が長男だったという。

私は彼の親切な人柄に甘え、墓石に刻まれた文字をファックスで送ってほしいと要請した。翌日、彼から私の自宅へファックスが送られてきた。彼が自筆した墓の絵と文面は次のように書かれていた。

自然石《じねんせき》の墓石の高さは百五十センチ、幅五十センチ、厚さ二十五センチで、墓の足元にはマメツゲが植林され、墓の表面には「故海軍少佐　従六位勲五等　歌田義信之墓」と書かれ、

裏側に「大東亜戦ニ出征　昭和十九年五月十五日十二時十分　南支那海ノ激戦ニ於テ戦死　顕正院釈義良居士　義隆　長男　享年二十六」。

先に殉職した三人の同期のため、彼らの霊魂を鎮める目的で建碑発起した歌田義信は十九年五月一日付で大尉に昇任し、南シナ海の台湾沖の着艦事故で戦没した。戦死後に一階級特進し、「海軍少佐」となったのだ。

父親の義隆は国を護るためとはいえ、自分より先に亡くなった最愛の息子の弔いと供養を自分が亡くなる直前まで行っていた。「うわ言のように、息子の飛行機が飛んでいる」と漏らしていた晩年の義隆。息子の戦死の事実を最後まで受け入れられなかったのであろう。

第八章　「貴様」と「俺」との絆

英霊に捧げる手記『飛魂』

建碑企画した歌田義信は霞空で後輩となる第十期予備学生の教官をしながら二つの石碑の完成を見届ける。彼ら後輩を一人の殉職者も出すことなく、実施部隊へと送り出した後、歌田自身も実施部隊「九三一航空隊」（海上護衛総隊に直属）に配属され、その三カ月後の五月十五日、南シナ海の台湾沖の洋上で艦上攻撃機に搭乗し、着艦事故で殉職したのである。

その一報に触れ、歌田の盟友だった石岡敏靖は戦時下であるゆえ、それ相応な覚悟はできているものの内心、歌田の死に相当なショックを受けたのではないだろうか――。歌田が戦没した時期、石岡は谷田部海軍航空隊（現・茨城県つくば市）で、後輩の十三、十四期飛行専修予備学生や第十三期甲種予科練生らの飛行訓練を指導する飛行隊長や分隊長を兼ねた教官になっていた。

石岡は、「時には情を知らぬ鬼とも見えたかもしれない」と自分で認めているように学生らの手抜きや横着、気の緩みなどを決して見逃さなかった。気の緩みや手抜き、横着が飛行機事故に直結する危険があるからで、彼はその辺の胸中を第九、第十期飛行科予備学生の英霊に捧げる手記『飛魂』で、次のように吐露していた。

事故もなく、優秀な技術と精神力を錬成するためには、綿密な計画を立てると共に、定められたことは手を抜かず、確実に、順序よく行うこと、状況判断をよくし、適時適切な処置をする能力を身につけること、困難に対する対応と、それを克服する精神力について、身をもって示すことを基本とした。

現在の官庁や会社組織で働くサラリーマンの管理マニュアルとしても読めないこともない。また、新米サラリーマンの就労の心構えとしても読むこともできる。この小論の最後の件で、「私たち八期は、歌田君も亡くなり、終戦の時は十四名になっていました」と結んでいる。石岡は自分と同じ、教官だった歌田らと互いに「飛行機事故を起こさない」と誓い合い、後輩の指導を担っていたのである。予備学生出身の教官の多くは、常に大局に立った価値観を有していたように思える。それが、比較的狭隘な価値観を有する海軍兵学校出身の士官とは少し異なる気がする。

両者とも「戦の場」にあっては確かに同じ土俵に立つが、そこまでに至る過程に若干の違いがある。また、教官といっても出身によってさまざまであり、技量や経験、体力、指導力などで考え方も異なる。統一された飛行訓練の教育教程――マニュアルのようなものは一応あったと思うが、具体的な方法、方策となると、教官によって実際、指導の仕方は微妙に異なったようである。

石岡は自ら説くように、「困難に対する対応と、それを克服する精神力」について彼自らが模範を示すことを基本とした。前掲書『海軍予備学生　零戦空戦記――ある十三期予備学生の太平洋戦争』の著者、土方敏夫は石岡らの後輩であるが、土方もまた学生長だった。

厳しい飛行訓練

土方敏夫は赤トンボの練習機で訓練していた時代、「教官、教員のなかには、厳しい人も、優しい人もいた。私も飛行作業ではずいぶん殴られたが、決して恨みに思ったことはない」と述懐し、次のように殴られたことを紹介している。

「今日やったお前の操作は、下手すれば命取りになりかねない。だから忘れないようにぶん殴ってやる、しっかり憶えておけ！」

といって殴られるのは、有り難いと思った。

土方は「教官や教員にもよるが、教え方の厳しい人もいた。福富中尉もそんな一人だった。ちょっと操作不良でまごまごしていると、後席から棍棒が降ってくる」と明かしている。彼のいう厳しい教官の一人、福富中尉とは、八期予備学生出身の福富正喜（東京大学出身）のことだ。

福富が後輩の飛行訓練をどのように厳しく指導していたかは、戦死した今となっては、詳しくはわからないが、同期で学生長の石岡敏靖と同じく、かなり厳しかったのではないかと思える。

前掲書『海軍予備学生　零戦空戦記』の中で、土方は訓練初期段階での飛行術の一番のポイントに「当て舵」を挙げている。船の舵取りもそうであるが、右に回る時は右に操縦桿を倒し、機体が右に回り出したら、ちょうどよい場所の少し手前で逆方向に操縦桿を倒す操作だという。そのようにすると、機首は思った方向に定針するというのだ。

もう一つのポイントは、手と足のバランスだという。それはどういうことかというと、つまり操縦桿と方向舵のバランスであり、これがうまくいかないと、飛行機が「滑る」のだという。いかなる場合も旋回計の玉を真ん中に固定させるように操縦することで、これに慣れるまでの早さが勝負だったと、土方は回顧している。

先輩の石岡敏靖や福富正喜は飛行訓練では厳しかったが、日常生活では後輩との信頼関係を築いている。彼らは隊内の生活では、後輩の面倒をよくみたようである。後輩の予備学生から兄貴分のように慕われていた福富は間もなく、実施部隊である「一〇五航空隊」へ転属し、十九年八月五日、艦上爆撃機に搭乗し、ミンダナオ島東方で散華していた。

土方敏夫は霞ヶ浦空の東京分遣隊に配属された当時を振り返り、「分隊長、分隊士に恵まれた故か、過酷な基礎教程を経てきた私たちにとっての東京分遣隊は、軍隊というよりもむしろ学校の飛行訓練で、合宿生活をしているような感じであった」と述懐していた。彼はその後、大分海軍航空隊に配属され、東京分遣隊時代に世話になった分隊士の福富正喜と再会するのだ。

大分航空隊に来てまもなくのことである。東京分遣隊の頃お世話になった、福富分隊士が、「別府に泊まっておられる」という情報が入った。それでは今度の外出時に、お世話になった者たちで訪問しようということになった。

私たち数人が、別府の旅館を訪ねたときは、分隊士はこれから出撃するので、別府で待機中とのことであった。掲載の写真は、別府の旅館で福富分隊士とお会いしたときの写真である。母艦に乗り組み、慧星艦爆で出撃とのことであった。

奥さんも来られていたようなので、長居をせずお別れしたが、のちにマリアナ沖の海戦で、立派に戦死されたとのことであった。東京分遣隊のころ、予備学生の先輩として親身になってお世話いただいたこと、慣熟飛行で初めて一緒に空を飛んでくれた教官でもあり、ペアを受け持っていただいたことなど、終生忘れることが出来ない先輩である。

『海軍予備学生　零戦空戦記』に掲載されている福富正喜の遺影を見ると、濃い眉毛と切れ長の眼、鼻筋の通った鼻梁、唇は閉じているが、口元に微かな笑みを浮かべている。確かに後輩の土方が指摘するように福富はハンサムな顔立ちをし、理知的でジェントルマンだったような気がする。

福富は真っ直ぐカメラのほうを見ている。投宿していた旅館の丹前《たんぜん》を着て腕を組み、籐椅子に腰かけた姿である。左腕にはめた腕時計が、丹前からはみ出た下着の裾からのぞく。彼の表情には数日後の出撃と自分の運命が決まっていることから、諦観したような憂いが感じられた。

絶望的な戦局

八期予備学生の戦死者第一号は、滋賀県蒲生郡出身の杉本光美（少尉）である。彼は太平洋戦域で航空戦の天王山となったソロモン方面で、十七年十月十八日に戦死した。『海軍予備学生・生徒』（国書刊行会）によると、杉本は「七〇五航空隊」（三沢海軍航空隊を改称）の陸上攻撃機隊（中攻隊）の機長としてブナ基地を出撃し、ガダルカナル島攻撃に向かう途中に不運にも散華したのである。

大谷大学文学部出身の杉本の戦死に続き、八期出身者らの多くは激烈を極める〝航空消耗戦〟で、前線へと配属されている。しかも頽勢《たいせい》を続ける航空戦において奮闘しながら次々と戦死した。彼らは十七年に三人、十八年は六人、十九年には実に十人、終戦の二十年には五人が戦没していた。

福富正喜がミンダナオ島東方で戦死した十九年八月ごろ、石岡敏靖は練習航空隊の谷田部空で分隊長や飛行隊長をしていた。その三カ月後、谷田部空は十一月中旬に入ると突如、実戦部隊の航空基地となり、神之池海軍航空隊（茨城県神栖市）が人間魚雷「桜花《おうか》」の訓練部隊となったため、そこで戦闘機実用教程に励んでいた隊員らは谷田部空に転入し、練習航空隊の谷田部空は零戦による首都圏空域の防衛を任務とする実戦部隊となった。

トコロテン式に弾かれたのが、谷田部空で飛行訓練中の第三十九飛練生や飛行予備学生らの隊員。練習航空隊の司令以下、山形県東根市神町に新設されたばかりの神町海軍航空隊（神町空）へと、彼らは転隊を余儀なくされた。

転隊した当時の神町空は木造兵舎ができたばかり。飛行場も滑走路もはなはだ不完全な状態で、飛行隊長の石岡は率先し、滑走路にポールを立て実測などをした。開隊当時の神町空は広大なリンゴ畑を突貫工事で造成したため、空き地のいたる所にリンゴの樹木が残っていた。

兵舎と飛行場との間にもリンゴ畑が広がり、国道一三号と旧国鉄「奥羽本線」が敷設されており、不便極まりない練習航空隊だった。兵舎を一歩出ると、リンゴの木の枝に小さな果実が揺れているのが見えた。神町空は豪雪地帯にあり、転隊した彼らは間もなく〝冬将軍〟に見舞われている。辺りの風景一面、銀世界の中での飛行訓練を体験するのだ。

その後、神町空は滑走路なども整備され、練習機も徐々に空輸されるようになって飛行作業も再開し、飛練生は計器飛行や編隊飛行の訓練に入った。兵舎など各施設は国道一三号に沿った東側約一キロに点在し、飛行場は反対の西側近く。飛行場周辺はいわゆる山形盆地で、西側には最上川が蛇行し、北東側は遠く山々が連なっていたが、飛行訓練には特に支障はなかったらしい。

開戦直後こそ、日本軍は連戦連勝で破竹の進撃を続けていたが、十七年六月の「ミッドウェー海戦」で大敗し、戦局は一気に逆転され、さらにソロモン諸島のガダルカナル島の争奪戦の末、十八年二月には同島を撤退。また、アリューシャン列島のアッツ島守備隊をはじめ、南洋の島々の守備隊も次々に玉砕していた。

この間、連合艦隊司令長官、山本五十六の搭乗機も撃墜され、彼は無念の戦死を遂げている。戦勢は著しく悪化し、戦局の劣勢は避けられそうになかった。十九年六月十一日には、米軍第五艦隊の機動部隊がマリアナ諸島のサイパン島、テニアン島を集中攻撃。同年七月七日、サイパン島の日本軍は全滅。米軍は日本本土を空襲する足場に、この二つの島を奪取したのだ。
太平洋戦争は実質、この島々の攻防で勝敗を決したといっても過言ではない。

〝特攻〟

戦記作家の高木俊朗が月刊総合誌「文藝春秋」の臨時増刊号「太平洋戦争　日本航空戦記」（第四十八巻第十五号、昭和四十五年十二月発行）の中で、「空を行く〝死の兵器〟の内幕」と題し、「捷号《しょうごう》」作戦と名付けられた防御作戦に関し、マリアナ諸島が米軍に奪われた後、日本本土をどのように防御するかは大本営の重大な問題だったと、当時の大本営の動きや特別攻撃隊（特攻）について記述している。

昭和十九年七月二十一日、大本営は防御作戦の根本方針と、それに基づいて作戦準備を進める計画を明らかにした。この作戦について戦術上の問題は捷号作戦準備要綱としてまとめてあった。この中に特攻兵器の考案、運用、航空特攻戦法などを指示していた。ここではじめて〝特攻〟ということが具体的に大本営の計画としてあらわれてきた。

日本軍統帥《とうすい》部は十九年七月、高木が指摘するように「捷号」作戦を計画した。その二カ月後には実行に移され、同年十月二十五日、フィリピンのマニラ北方にあったマバラカット基地から二百五十キロ爆弾を抱えた五機の零式戦闘機が敵艦隊に向けて飛び立った。世にいう「神風特別攻撃隊」の先駆け、一番機の関行男（大尉、愛媛県出身）を隊長とした「敷島隊」の出撃である。

基地航空隊を預かる第一航空艦隊司令長官で、特攻の「生みの親」と呼ばれた大西瀧治郎（中将・第一航空艦隊司令長官）は、「ビアク島の戦い」で憤死した千田貞敏（元霞空司令）と臨時航空術講習部員として英国飛行教官団の団長、センピル（大佐）に直接指導を受けた同期でもある。

大西は捷号作戦が計画された当時、通常の航空攻撃では戦果を挙げることは不可能と判断し、起死回生の非常手段として二百五十キロ爆弾を装着した零戦を搭乗員とともに敵艦に体当たりさせるという部下の愚かな作戦の発案に許可を与え、この戦法を遂行するため大きく舵を切ったのである。

敷島隊の出撃を皮切りに特攻作戦は、日本軍統帥部の唯一の攻撃法として定着し、戦局悪化の一途をたどる中で、次々と有為な若者が南洋の大海原に消えて行った。こうした世界戦史に例をみない過酷な時代背景の中で、石岡敏靖らは谷田部空から神町空に転隊し、訓練中の飛行事故は起こさないと誓い、彼はそれこそ〝鬼〟の飛行隊長、教官として予科練生や第十五期予備学生らの飛行訓練を指導した。

石岡はある日、第十五連合航空隊の鎮守府が置かれた横須賀海軍航空隊へ作戦会議のために向かう。連合航空隊では練習機も含め、すべて特攻編成とし、「片道」体当たり攻撃を行うという基本方針が示された。

神町空から司令の命令で、その会議に出席した飛行隊長の石岡はその特攻隊編成の基本方針に反対したのである。

「バカモン、お前は、神町の飛行隊長かッ！　今の戦局を救うには、もう体当たり攻撃しか、策はないのだ。そんなことも解《わか》らんようじゃ、飛行隊長は務まらん！」

講堂の天井に響き渡る怒声で、石岡はこっぴどく叱責された。

日米開戦早々、彼は同期三人の殉職に遭遇し、飛行訓練中には死亡事故を起こさぬと固く決心していた。何度も触れたが、「時には情を知らぬ鬼と見えたかもしれない」と心境を述べていたように搭乗員を生かす方策に心血を注いでいた者にしてみれば、「特攻」による敵艦隊への体当たり攻撃は最も対極にある戦法で、彼にしてみれば、それは絶対に容認できなかったものではないか——。

筆者の手許に昭和五十九年三月付の「海軍飛行科予備学生・生徒史」刊行委員会（東京都港区）なる組織から求められたアンケートに、石岡自身が回答した用紙のコピーがある。そのアンケートで、「当時、何を希望したか」という設問に対し、彼は「飛行機と燃料が欲しい。それが出来ない状況になって仕舞った段階では、我々が生命をかけて戦っている間に手を打って、日本の滅亡を防いで欲しいと思ったが、指導者層は無為の中で敗戦の途を辿《たど》った」と上層部を批判している。

アンケート項目の中で、私が最も注目した「特別攻撃隊についてどう思うか」という設問に対し、石岡は彼一流の抑えた筆致ではあるが、率直に自己の見解をこのように書いている。

効果の望み得ない攻撃戦法に多数の有為な青年の生命を失わしめたことは無謀な行為であり、これを強行した者はその責任を感じて欲しい。

敵艦隊への体当たり攻撃――特攻に反対した士官は、海軍航空隊に所属した士官だけではない。話が横道に逸《そ》れるので、陸軍航空隊の「特攻」についても貴重ではあるが、紙面の関係で省略する。しかし、一点だけ書き添えておく。

特攻反対派

昭和十九年十月、鉾田教導飛行師団（茨城県）の師団長、今西六郎（少将）は陸軍初の特攻隊である「万朶隊《ばんだたい》」を編成し、その隊長に岩本益臣（大尉）を命じた。陸軍が敵艦船へ体当たりする戦法を採用することには当時、鉾田師団の若い飛行士らを中心に強い反対があった。特に彼らの精神的支柱だったのが、航技大尉である福島尚道、皮肉にも特攻隊の隊長に命じられた岩本益臣らである。

鉾田師団の飛行士らは尊い命と飛行機を同時に失う戦法より、艦船を貫徹できる爆弾の開発や「反跳爆撃法」を完成させることを強硬に主張している。特に優れた搭乗員でもあった岩本益臣は昭和十八年夏ごろから、反跳爆撃の訓練を実施しており、その技術も完成の域に達するほどになっていた。

反跳爆撃法というのは、爆弾を直接目標に投下しないで、いったん海面に叩きつけ、再び空中に跳ね返らせて目標に命中させる戦法だった。誰もが子供のころ、川や池、湖畔などで平らな石で水面に投げて遊んだ記憶があると思う。川面に向け、水平に石を投げると幾重にも跳びはねるのと同じような方法だった。

現実は厳しい――。体当たり機が鉾田師団に到着した翌日、無慈悲にも特攻隊員が指名され、鉾田から四人の将校を含め二十四人がフィリピンのマニラにあった第四航空軍へと異動となる。この将校の中に前述の反対派の中心人物、岩本益臣が含まれ、万朶隊の隊長に任じられたのだ。隊長の岩本が実際に〝非道〟な飛行機を見せられたのは台湾の「嘉義（ジーアイ）飛行場」に着いてからという。嘉義飛行場は、台中と台南の中間ほどで、近くには阿里山がそびえている。

戦記作家、高木俊朗は戦時下、陸軍報道班員として特攻基地「知覧」で出撃する特攻隊員らを取材している。高木の著書『陸軍特別攻撃隊』（文藝春秋刊、昭和五十年一月発行）の中で、岩本益臣や福島尚道が特攻批判を続けたことを活写している。

特に岩本は十九年十月三十日、独断で爆弾を投下できるよう改造した。彼は下士官らに「出撃しても爆弾を命中させ、必ず生還しろ」と命じたほか、彼は部下の隊員らに次のような胸の内を明かしてもいる。

体当たり機は操縦者をむだに殺すだけではない。体当たりで、撃沈できる公算はすくないのだ。こんな飛行機や戦術を考えたやつは、航空本部か参謀本部かは知らんが、航空の実際を知らないか、よくよく思慮のたらんやつだ。（前掲書）

陸軍航空隊の「特攻」に反対した岩本益臣が、部下の隊員らに吐露した言葉は、第八期予備学生出身の飛行隊長、石岡敏靖の胸中にあった言葉とも共鳴する。だからこそ石岡は横須賀空での大事な会議で、叱責を覚悟で特攻反対の意見を具申したのだ。

戦後ではあるが、石岡はアンケートに「多数の有為な青年の生命を失わしめたことは無謀な行為であり、これを強行した者はその責任を感じて欲しい」。こう回答したのは、特攻反対という見解とともに当時の軍令部の首脳らに対する批判でもあった。

昔の教え子たちとの再会

手許に昭和五十年五月二十六日付の「山形新聞」のコピーがある。社会面に「山形……美しく変わった」「旧神町航空隊の練習生たち」「三十年ぶりに〝空の偵察〟」「〝燃えた青春〟ふり返る、全国から四十八人が集う」と四本もの派手な見出しが躍っている記事が掲載されている。

リード部分には「空からみる山形盆地は美しかった――。昭和十九年に海軍の練習飛行場として開設されたのが現在の山形空港のはじまりだが、その飛行場で腕をみがきあった神町海軍航空隊の第十三期甲種飛行予科練習生と教官ら四十八人が二十五日、三十年ぶりに山形空港を訪れ、神町自衛隊第六飛行隊のヘリコプター三機に分乗して、山形盆地を空からながめ、当時の思い出話に花を咲かせあった」と記載されている。

　神町自衛隊駐屯地内にはこの日、元神町海軍航空隊の記念碑が建立され、その除幕式に石岡敏靖は妻の智子を同伴している。その前日には近くの天童温泉で、彼は全国から集まった昔の教え子である練習生らと懐かしの対面をしていた。

　天童温泉での夜の宴会で、元練習生の一人が、

「飛行隊長の飛行訓練は本当に厳しかった。あの時のがんばりがありましたから、何とか戦後も無事に生きて来られました」と石岡に感謝の弁を述べている。

「三十年ぶりに会えて、私も本当にうれしい。みな社会的にも重要な地位で活躍しているようで頼もしい限り」

　記事の中で石岡の談話にあるように、彼も心の底から教え子らとの再会の喜びを示したのである。無礼講で酔いの回った元練習生が何気なく石岡に訊ねた。

「飛行隊長は、戦時中にご結婚していたんですか？」

「私の同期は終戦時には、半分以上も亡くなっていた。志半ばで殉職した者も含め、みな平和の世を願って死んでいったものと思う。そういう同期らの死に接し、私は絶対に飛行事故を起こさないための教育を実施した。戦時下は私も戦地に赴き、何時か戦死すると思っていたから、この人を絶対、未亡人にだけはしたくないと思ったので戦時中の結婚はしなかった」

　石岡は自分の隣に座る妻の智子を見ながら穏やかな口調で、こう話したという。

鎮魂

平成時代になっても石岡は、殉職者の慰霊塔を参拝している。また、旧福岡村の石碑には訪れる者もなく、刻まれた民谷と和田の文字も消えてしまっていることを深く憂慮していた。

智子の手紙にあるように「若い命を散らした方の、せめて名前だけは残したい」と私費を投じ、石岡夫妻は土地所有者の中島臣道へ修復を要請したのである。戦後も殉職者の慰霊塔や旧福岡村の石碑を参拝していたことに関し、石岡の長男、祥男は父親の行動についてこう見解を示す。

「父は礼儀として殉職碑に敬意を払うことを忘れませんでした。しかし、残された者がやるべきことは、犠牲者をただひたすら供養することではなく、本来ならば、学業を修めた後に社会の中心となって活躍したはずの彼らが果たせなかった志を継いで、日本の復興のために前を向いて進むこと、それが父の考えであり、父が実際に行ったことでした」

第八期予備学生の同期５人で記念写真

彼ら八期予備学生の海軍生活は、ほんの四年だけ。それも飛行科予備学生として霞空で「貴様」「俺」と呼び合い、厳しい訓練で共に汗にまみれ、励まし合ったのはほんの二年弱である。

彼らはその短い間に、その後の人生をも左右するほどの貴重な体験をした。不幸にも志半ばで殉職した三人の遺体の収容から海軍葬まで手配、準備し、学生長の石岡をはじめ同期らは「明日は我が身」と覚悟のうえで、それらを黙々と成し遂げた。

繰り返すが、二つの石碑の建立は歌田義信の発起が端緒である。前述したように彼の遺した手紙には建碑発起した理由は書いていない。山口要次の姉、奥井ミヤ子が十八年四月、歌田の案内で実弟の墜落地を訪ね、彼女は霊がいれば喜んでくれると持参した紫蘭と楠の苗木を植えている。このことは第七章で書いた通りであるが、山口の遠縁で、彼の足跡を調べていた嘉本隆正はこう推察する。

「現場に霊がいるかのごとく祈り、荒れた現場を慈《いつく》しむように植樹する遺族の姿に歌田は心打たれたのではないか。このままでは彼ら殉職した者の霊魂は、山中を彷徨《さまよ》い続ける。これを鎮めなければならないと」

歌田は彼女ら遺族の最愛の情に触れ、殉職碑を建立しようと思い立ち、彼らの霊魂を供養しようと思いついたものだろう。モノを言わない石碑は、彼ら八期の戦友の協力と総意で決まり、それに賛同した三人の遺族らの連携と協力、労力などを提供した地域住民によ

霞空の大講堂での講義風景

る三者の〝産物〟と思える。

戦時下で殉職碑建立は不可能に近い状況である。消極的な姿勢の航空隊首脳部を説得し、それをリアルタイムに成し遂げたのは三者による人間同士の絆、信頼、相手を敬う心の絆であった。それゆえ、私は殉職した〝英霊〟に対し、山里の娘のほのかな慕情と畏敬の念が込められた和歌《うた》を手向けた「銃後の一女性」の存在を突き止めねばならないと考えたのである。

第九章　銃後の一女性

和歌の作者は誰

旧福岡村の中島千吉の孫、臣道を取材に訪れるたびに私は和歌《うた》の作者の存在や安否、消息など、何かわかったら連絡してほしいと、彼に要請していた。臣道は最近、造園業を廃業したというが、地元で彼は農業の傍ら、長らく造園業を生業としてきた人物。彼にはまた、別の顔があった。あの辺の地域で彼は民謡教室を主宰する〝先生〟としての顔も有していた。

年が明け、第六章で述べた通り、東京都内の石岡智子からハガキをもらった頃、ようやく中島臣道から私の携帯電話に「銃後の一女性」――和歌の作者の存在を突き止め、その確認がとれたという電話が入る。

民謡教室で指導した元「教え子」の主婦と久しぶりに再会し、たまたま近況など四方山《よもやま》話をしている時、その主婦が意外なことを洩らしたという。

「飛行機が墜落した時、私の母が近所の娘さんと墜落現場へ見に行ったそうです。二人とも好奇心が旺盛な、農家の乙女《むすめ》だったようで、二人はその後にも現場に拝みに行ったようなんです。何でも母の友人がその時、現場に手紙を供えたと、随分昔だけど、母からそんなことを聞いたような気がする。あの石碑に和歌が刻まれていたらしいんだけど、その娘さんが書いたものじゃないのかって。碑が建立された当時、集落《むら》では随分と噂になったそうよ」

主婦が洩らした話を端緒に中島臣道は、地元や周辺の集落を中心に高齢者らの情報を繋ぎ合わせ、謎の作者の生家にたどり着く。その実家を継いでいる家族から彼女が暮らす住所を教えてもらったというのだ。

　昨年暮れ、中島から借りた石岡敏靖の書簡類と中島の祖父、千吉の写真をまだ返却していなかったので私は近日中に彼の許に伺うと携帯で即答した。その数日後、中島家を訪ねる。約束の時間に到着するのを待っていた彼は、私の顔を見るやいなや車庫から乗用車を出し、「銃後の一女性」の自宅へ案内するという。

　彼の親切心に甘え、頷いた私はまだ、新年の挨拶も終わっていなかった。改めて年賀の挨拶をする。

「俺がこの車で先導するんで、彼女の自宅までこの車の後に従《つ》いてきてくれ」

　中島は機敏な所作で、運転席から声をかけてきた。最初、彼に会った時、造園中に樹木から転落し、腰の調子が余りよくないと話していたのだが、腰の具合はその日の体調にもよるものか、この日は調子がよさそうだ。

「その女性の名前は？」と私は取り敢えず名前だけでも聞いておきたいと、性急に訊ねる。

「関春江さんという婆さんだよ」

「元気なんですか」

「そのようだ……とにかく、この車の後に従いてきてくれ」と彼が再度促す。

　石碑の裏に刻まれた和歌の作者、「銃後の一女性」――関春江（旧姓・羽生）に関しては、名前はもちろん、その消息や所在も今まで不明であった。それが隣接するつくば市内に在住していることが判明したのである。

これまで取材を進めながら、和歌の作者を探し出すのはほとんど不可能じゃないかと、なかば諦めていた。取材を開始した頃は、殉職した民谷《たみや》廸一《みちかず》、和田《わだ》烝治《じょうじ》の二人の内、どちらかが創作した和歌か、第八期予備学生、あるいは霞空の関係者かと考えた。

次に作者が「銃後の一女性」とわかり、旧福岡村在住者か、その近郊の女性だろうと考え直した。ただ、その女性の名前や安否など手がかりが残されておれば、それなりに探す手立てもあるのだが、かいもく見当がつかなかった。

仮に生きていたとしても高齢のはず。もう亡くなっているのではないかと、私は不遜《ふそん》にも勝手にそう思っていた。中島家を訪問し、初めて石碑について取材した時から、もう三カ月が過ぎている。その間、山口要次《やまぐちようじ》、民谷、和田の三人の同期や遺族らの関係、輪郭がある程度判明していたのだが、どうしても追跡できなかったのが和歌の作者だった。

霧雨が降っていた

突然の訪問であったが、渦中の関春江は運のよいことに在宅していた。初対面の彼女は小柄で、私と中島は彼女の自宅の玄関で、突然訪問した理由を簡略に説明する。最初応対したのは、春江の夫、信である。彼女は夫の背後に隠れるような感じで、突然闖入《ちんにゅう》した我々に困惑しているのがみてとれた。

「春江さん、この方は元新聞記者で、あの石碑に彫られている和歌のことを聞きたくて、取材に来たんだと」

背後に佇む春江に夫の信が、私の取材に応対するような口調で促す。

春江は大正十一年十二月生まれ。中島と私が訪ねた時、八十七歳という高齢であった。和田と民谷が飛行訓練中に墜落した昭和十七年三月十日当時、彼女は齢《よわい》十九の乙女。我々の顔を交互に見比べ、彼女は胡散《うさん》臭さを感じるのか、何かしらこちらの品定めをしているふうにも見える。

「突然、お邪魔し、驚きでしょうが、あの旧福岡村の石碑に刻まれたあの和歌のこと、教えてもらえませんか」と再び頭を下げる。

「あァ、あの和歌のことだね」

春江は頷き、そう返事をする。加齢に伴う難聴はないようで、会話はスムーズに運びそうだ。

「随分と昔のことですが、よろしくお願いします」

「あなた方、若い人は知らないでしょうが、三月十日は海軍記念日だったので、とても印象に残っております」

彼女は確かにこう言い放った。しかし、海軍記念日は五月二十七日であり、彼女の記憶違いだった。実は三月十日は陸軍記念日である。清国（現・中華人民共和国）でロシア軍を追撃していた日本陸軍が奉天占領により、満洲軍総司令部司令官の大山巌が、日露戦争最大の戦闘といわれた「奉天《ほうてん》会戦」の終結を宣言した。それゆえ、この日を陸軍記念日としたのである。

「二人が墜落した日は、とても寒かったと聞いているんですけど？」と私が訊ねる。

「本当に寒い日だったんですよ。氷雨のような霧雨が降り続けていました。突然、外からドーンという物凄い音が聞こえたんで、びっくりしました。どこかに飛行機が落ちたのではないかというので、外に飛び出してみたら、私より四、五歳上の近所の友人も外に出てきて、『どこに落ちたんだろうか』などと話しながら、その近所の友人と一緒に墜落現場のほうに行ってみたんです」

春江は七十数年前の出来事を昨日のことのように訥々《とつとつ》と振り返る。彼女の話に耳を傾けながら、中島家に最初に訪れた際、臣道が「あまりにも大きな音がして、畑に向かって牛荷車を曳いていた村人が慌てて、牛舎に牛を戻そうとして家の玄関に曳きこんだ」という話を想い出していた。

「物凄い音だったらしいからな」

中島も彼女の話に頷く。

「その日は濃霧ではなく、氷雨ですか？」

「そう、細かい冷たい雨でしたね。あの日は早春とはいえ、肌寒い上に氷雨のような霧雨が降っていたのは間違いありません」

「現場まで雨傘をさして行ったんですか？」

「そんなものはしませんよ。当時は、綿入れ半纏《はんてん》を着込んだだけで、私らが現場に到着した時、海軍の兵隊さんは、墜落機の周囲の土を掘っていました。それに大きな白い布を広げ、遺体を集めていましたよ。亡くなった兵隊さんの上官らしい人が革靴と靴下を脱ぎ、素足で歩き、暫くの間、悲しそうな顔で両手を合わせて祈っていました」

民谷と和田が墜落した現場で同期ら３人が直立している。数十人の地元の方々がそれを見守っている

乙女の生い立ち

春江は墜落現場に近い、旧十和村（現・つくばみらい市）田村地区の生まれ。羽生家では当時、彼女は両親や嫂《あによめ》、妹らと暮らしていた。長兄の芳雄は昭和十四年に陸軍に召集され、彼女は地元の尋常小学校を卒業後、六、七キロ離れた茨城県立水海道高等女学校（現・水海道第二高）に入学し、幼少時期より病弱ぎみだったが、それでも学校まで徒歩で一年間通学したという。

女学校の二年から、十和村役場吏員から地元選出の衆院議員の風見章（後に法務大臣）の秘書に転出していた父親、信一郎から自転車を買ってもらい、彼女はそれに乗って女学校に通ったという。ただ、自転車に乗る技術を体得したばかりで、運転が未熟だったため学校までの所要時間は徒歩と比べ、さほど違わなかったらしい。

学業成績は優秀だったのだが、先述したように彼女は幼少時期からひ弱な体質の子供であった。同じ歳ごろの近所の子供の中では珍しく、几帳面に日記を綴っており、早熟な文才も示していた。三年生に進級する直前、病弱な体調が悪化し、やむなく退学したようだ。

風見章から父親が「女性でも、これからの世では教育を受けなければだめだ」と諭され、春江は父親の勧めもあり、東京都内の専門学校に入る。母方の遠い親戚が東京都内の王子で暮らしており、そこに寄宿し、都内の学校に通う。彼女は三兄妹の真ん中で、長女である。和田と民谷が墜落した十七年三月当時、彼女は都内の専門学校も退学し、自宅に戻っており、母親のきん、嫂に混じり、野良仕事の手伝いをしながら暮らしていた。

「昭和十五年に都内の学校を中退し、実家に戻された。翌年には卒業の予定だったんですが。私は物凄く学業に未練がありました。父にお願いしたら、戦争が終わったらまた、学校に行かせてくれるというので、やむなく実家に戻って来たんです。終戦後も東京の学校には復学することはかないませんでしたが……」

　太平洋戦争に突入し、羽生家では農作業をするにも肝心の男手がなかった。働き盛りの父親は風見の秘書として東京事務所と水海道の事務所を頻繁に行き来し、多忙を極めていた。父の代わりとなる長兄は当時、中国大陸の「北支」から南方に転属。片田舎の旧十和村であっても生活統制が徹底され、日常生活も倹約、節約が強制されている。

　米や味噌、塩を始め、「すいとん」の素材となる小麦粉、その味付けに欠かせない醬油などの調味料をはじめ、酒なども統制対象となる。燃料の木炭や嗜好品の煙草なども配給制度に切り替わり、切符制度が導入されていた。

「私の家は農家だったので、米や味噌、醬油も自家製造していた。近所も、みなそんな感じであった。都会の暮らしとは異なり、生活統制で幾分不便さは感じたものの生活が特段、困るようなことはなかったですよ」

　和田と民谷の二人が搭乗した九七式艦上攻撃機が墜落した当日の朝、春江は粗末な朝食を終え、母や嫂らと自宅で絣《かすり》の着物やモンペなどの野良着、足袋《たび》などの破れた個所を縫い繕《つくろ》うため裁縫箱を取り出し、居間の囲炉裏端で縫物をしていた。

裁縫は野良仕事と異なり、病弱な春江の得意の一つ。前述したように屋外から衝撃的な物音がしたので、田舎育ちの乙女は、旺盛な好奇心も手伝って屋外に飛び出したのである。墜落したのは最初、敵国の米軍機という村人の話もあったが、彼女らが実際、墜落現場の方へ歩いて行くと、近くの住民らの話から墜落機は日本海軍の九七式「艦攻」であることがわかる。

「本当にびっくりした。何で落下したんだろうって。海軍の兵隊さん、可哀想だなって一緒に行った近所の友人と、そのように話しながら自宅に戻ったら、もう午後二時半ごろだった。その時刻まで寒さも忘れ、墜落現場の付近で粘って、兵隊さんらの世話活動を見ていたのよ。私らが見ていた時、亡くなった兵隊さんの仲間の飛行機なんでしょうか、現場の上空を三回ほど旋回するのが見えた」

遠い昔日を懐かしむような顔で、春江はそう振り返る。

最初に取材に訪れた時、関春江はどういうわけか、殉職した二人の搭乗員の姓名を覚えていた。私は不思議に感じ、その時、何度も「どうして彼らの名前を知っていたのか」と執拗に訊ねた。彼女は建碑の裏側に刻まれた自分の和歌も、二人の名前や肩書を見ていないと話していたからだ。

彼女は額に刻まれた深い皺《しわ》の顔を曇らせ、途方に暮れたような顔を夫のほうに向けた。

「なぜ、その名前を知っていたのかは、自分でも今となっては記憶が定かでないんですが、なにしろ随分昔のことですから。多分、墜落現場で海軍の兵隊さんらが話をしているのを聞いてわかったんだろうと思いますけど、自信ありません」

春江は曖昧《あいまい》な表情で、心もとない説明に終始する。

記憶の中の新聞記事

春江の話が曖昧模糊《もこ》としているので数日後、関家を再度訪れた。この日の再訪は事前に彼女の夫、信に電話連絡をしており、私は土浦市内の自宅から車で一時間ほどの距離を走行し、春江夫妻を訪ねたのである。夫妻は茶菓子を用意し、私の訪問を待ってくれていた。彼女は私の顔を見るなり、笑みを浮かべて開口一番、こう述べたのである。

「あれから、自分なりに昔のことをいろいろ考えてみたんです。なぜ、亡くなった二人の名前を覚えていたかということを。そしたら想い出したんですよ。あの飛行機事故は新聞に載っていたんです。それで二人の名前を知ったものと思います。当時、私の家では朝日新聞を購読していたのですが、その朝日の新聞記者さんが頻繁に風見先生の水海道事務所に出入りしていた関係で、父親と比較的親しかった。その関係で私の家では、地元紙ではなく、朝日新聞を購読していたんです」

「朝日（新聞）の記事を読んで、二人の名前を知ったのですか？」

「多分、そうであったと思います。事故の翌日か、その次の日かは判然としませんけど、ともかく朝日に記事が出たはずです。当時、私は日記を付けていましたので、その記事を読んで日記に二人の名前や出身地など、印象に残ることなどを書き留めていたから、二人の名前も書き込み、それで覚えていたんだと思います。何しろ、あの事故はとってもショックな出来事でしたから」

彼女がなぜ二人の名前を知っていたのか、彼女からその理由を聞き、私は一応納得する。新聞に墜落の記事が載っていたのであれば、合点がいく。当時の記事を確認するため、私は後日、土浦市立図書館に問い合わせてみた。

その時は彼女の証言の裏付けを取るためというより、飛行機の墜落事故がどのように記事化されているものかという素朴な興味からである。ところが図書館職員は、

「昭和十七年三月十日の当日を含め、それ以後、数日の記事を調べたのですが、お問い合わせのような記事は掲載されていませんでした」という返答である。

「それじゃ、地元紙の『いはらき新聞』（現・茨城新聞）も見てもらえませんか」

「地元紙も同じように見たんですが、そのような記事は載っていませんでした」

「朝日の場合、それは全国面の縮刷版ですか」

私は念のため、朝日新聞本社の「読者サービスオフィス」にも問い合わせている。同社担当者も土浦の図書館職員と同じように当該の記事は見当たらないと話していた。両者とも全国面の縮刷版を検索して回答していたのだ。

「縮刷版は全国面だけですよね。地域版、例えば当時の茨城県版などは縮刷版になっていませんね」

「そうですけど……」

朝日本社の読者サービスの担当者の顔は見えないが、相手の電話の声からして非常に不満そ

うな顔が想像された。

「当時の地域版の縮刷はないのですか。戦時下ですから紙の統制もあって、もしかしたら地域版がないのかもしれませんが、それを調べてもらえませんか」と畳みかける。

「ちょっと待って下さい」

受話器が暫《しばら》くの間、待機音を繰り返す。

「お待たせしました。当社の社内史を検索したのですが、昭和十七年三月当時、茨城県では当社の地域版、ありますね。ただ、本社内にはそれらの地域版は保存されていませんけど」

このような問答を踏まえ、私は改めて土浦の図書館職員に、

「全国面の縮刷版を見たんですね」と確認する。

想像していた通り、図書館職員は朝日新聞の全国面の縮刷版を閲覧しただけで、当該記事はないと安易に答えていた。元新聞記者の〝勘〟として戦時下での航空殉職の記事は全国面ではなく、殉職先の茨城県版での掲載だろうと考えた。その後、私は水戸市内の茨城県立図書館に問い合わせをする。

図書館の館内サービス課職員は私の大雑把な説明を受け、「朝日新聞の茨城県版（地域版）は、確かに当館にも保存されています。ただ、あの東日本の大震災で書庫が被害を受け、見つけ出すのに相当時間がかかりますけど、よろしいでしょうか」と釈明する。

その事情を了解し、私は昭和十七年三月十日から十五日までの地域版のコピーを送付してもらうことにする。数日後、送付されてきた県立図書館からの封筒を開封すると、当時の地域版

にも残念ながら関春江が話すような記事の掲載はない。

茨城県版といえども、戦時下の紙面は当然、戦争の戦果や関連の記事が占めていたほか、何時の世も読者の関心を集めるような事件事故、ラジオの番組欄なども掲載されていた。朝日新聞で読んで、関春江が記憶していたという話は、残念ながら振り出しに戻ったのである。

「御殉職された尊い兵隊さんへ」

当時の新聞を検証した限り、彼女の記憶違いのような気がする。いずれにしても彼女の話すような記事は残念ながら確認できず、その確証は得られなかった。やはり最初の取材時、彼女が話していたように和田、民谷の二人が墜落した現場へ赴いた時、その現場を取り囲むように見ていた村人か、あるいは海軍関係者が話していたのを聞き、自分の日記にでも書き留め、それを今日まで記憶の襞《ひだ》に留めていたというのが妥当のような気がする。

その話はさて置き、彼女は墜落事故から一週間後、近所の友人と墜落現場を再び訪れたという。この友人というのが、中島臣道が主宰していた民謡教室に通っていた元教え子の母親と思える。山里の十九の乙女は盛土されている墜落現場の前に佇み、自宅から持参した一輪の梅の花弁が咲く枝を土に差し込み、合掌したのである。

梅の枝は、墜落事故の現場に来る直前、自宅庭の梅の木の小枝を手折り、殉職者に手向《たむ》ける供花《くげ》とするため持参したものだ。彼女は次に着込んでいた綿入れ半纏のポケットから、封筒を取り出し、卒塔婆の建てられた霊前に供えたのである。

遭難機に搭乗している民谷廸一

共に昭和17年3月10日殉職

遭難機搭乗寸前の和田烝治

油紙に包まれたその封筒が風に飛ばないよう、彼女は傍らの土を少しばかり封筒に被せた。油紙に包んだのは母親からの助言である。

「手紙が雨に濡れたら字が滲むといって、母が油紙で包めばよいと渡してくれたんです。あの手紙は祖国を護るため、大空を護るために殉職し、英霊になられた海軍の兵隊さんに対し、あの当時の私の心境を綴ったもので、和歌《うた》は英霊に正直に伝えたかった当時の私の心境です」

春江が何回も書き直した手紙を入れた封筒の表には、「御殉職された尊い兵隊さんへ」と書いてある。この貴重な手紙も、大阪の和田家に保存されていた。封筒の裏側には「三月十日、銃後の一女性」と墨書されている。その封筒に収められた便箋に山里の乙女はこう、綴っている。

春空もしめやかに曇る今日、惜しくも山中に不時着（注・した＝筆者）御二人様、尊い御殉職、御元気だった御姿が思い出されて頬をぬらす涙をどうする事も出来ません。兵隊さん、大空の護りに御奉仕致し、祖国の為にお亡くなりになりまして何時までも皇国のさかえと皇軍の勝利の一日も早く来る日をお待ちして居って下さいね。私達銃後の民も、兵隊さんの御思に報ゆる為、命の限りうんと働きます。私、何もしらない女性ですけど、お参りさせて戴きたく、亡き御二人様に御手紙書いて居ります。日本の勝利の日を御二人様、待って下さいね。

春来れど　今日の淋しさ　大空の
　もののふ偲ぶ　山里の梅

兵隊さん、まづい歌ですが、お作り致しました。さようなら。兵隊さんへ　山里の一女性

手紙に綴られていた和歌が翌年十月、どういう経緯からか、石碑の裏側に刻まれたのである。手紙には「もののふ」を平仮名で書いてあるが、石碑では「武夫」と漢字をあてている。作者名は封筒の裏に記載された「銃後の一女性」が採用され、春江は封筒や便箋には自分の名前を書かなかったため、封筒裏に記された「銃後の一女性」が作者名に採用されたのであろう。

「便箋に綴られていた文字は一見、筆で書かれたもののように見えますが？」

「そのように見えるでしょうが、実際はペン字です。黒インクの壺にペンを差し込み、書きま

した。筆のように見えるのは、太字になったからだと思います。あの時、他の和歌も何首か創ったのですが、あまり上手なものがなかったので、便箋を丸めて捨ててしまいました」

私を正視し、彼女は淡々とした口調でこう話したのである。

なぜ和歌が刻まれたのか

数日後、彼女から私の自宅に便りがあり、「取材の後、ふと思い出しました若鷲に捧げる一首です」と書かれた便箋に次のような和歌を認めていた。

御戦の　半ばに逝きし　若鷲の
　無念の涙が忍ぶ　夜の雨

彼女はその短信の中で「着るものもない食糧もない、勝つまではの合言葉……でも過ぎ去りし日はほろ苦く、懐かしいものです。激動の青春時代でございました」と当時の日々を偲んでいた。

私はその手紙を受け取った直後、彼女の自宅へ電話を入れた。

「先日、郵送した和歌は、最初に供えた手紙の後、一週間ほど過ぎたころ創ったものです。前日に雨が降り、その時の心境を書いた和歌です。墜落現場へ一人で行くのはちょっと怖かったのですが、現場の近くに誰も人がいないようなら戻ろうかと、自転車に乗って、ビクビクしながら行きました。幸い現場近くで農作業をしている人もいましたので、そこまで一人で行きました。最初に供えた『春来れど、今日の淋しさ……』の和歌とは違い、その後の和歌は、封筒を二重にして供えました」

最初に墜落現場へ訪れた時、彼女は近所の友人と連れだって行き、その後も同じ友人と二人で行っている。それから一週間後、彼女は三度目、一人で自転車に乗り、現場に行ったのである。ただ、殉職碑に彫られた春江の和歌に関しては、今も謎のことがある。彼女が現場に供えた手紙に記載した和歌が、どういう経緯で殉職碑に刻まれることになったのか——。

それらの「謎」を解くカギは、八期予備学生の一人が、和田健三に宛てた手紙の文面から推量される。旧福岡村の地に墜落し、殉職した二人の同期である鈴木敏（日大）が和田健三に宛てた封筒の裏に四月一日と記されていることを考えれば、不確かだが、鈴木自身が亡き戦友のため墜落現場に赴き、彼女が供えた油紙に包まれた封筒を見つけたものだろう。

鈴木敏が霞空の第一士官舎から和田烝治の父親、健三に宛てた手紙は、健三への返信のようである。

拝啓　御便り頂きましたにも関わらず、長らく御無沙汰致しておりました。館空（注・館山海軍航空隊＝筆者）基地訓練に引き続き、移動訓練を行い、帰って夜間飛行、当直学生と休む暇も無い忙しさにて御返事が遅れましたが、何卒悪しからず御許し下さい。

今年は半月早く桜が満開になって今にも散ってしまいそうです。春の暖かい日射しを浴びて飛行作業に、座学に吾々一同大いに張り切っています。
あと余す所二週間にて晴れて卒業、何処の航空隊に配属になるか分かりませんが、何時迄も御激励下さる様御願い致します。尚、村里の一女性の文章を同封しましたから御受け取り下さい。

敬具

第四章でも少し触れたが、「海軍予備学生心得」の諸役員によると、当直学生は予備学生の学生長、班長に次ぐナンバースリーの役職。終戦時も存命していた鈴木敏は霞空での実用機教程の卒業を二週間後に控え、最後の飛行訓練で多忙を極めていたことが、手紙の文面からうかがえる。その訓練の合間を縫い、彼は墜落現場に赴いた折り、銃後の一女性の手紙を見つけたのだ。

殉職した同期の無念さと遺族の胸中を察し、鈴木敏は清冽な和歌が綴られている村里の一女性――関春江の手紙と和歌を読み、山里の素朴な乙女の心情に接し、悲しみに沈む和田健三の慰めの一助になればと考え、それを自分の手紙に同封したものと推察される。

鈴木敏は健三に返信を書いた当時、九七式「艦攻」での飛行訓練教程の卒業を控え、何くれとなく多忙だったことは間違いない。手紙にあるように彼らは昭和十七年四月十五日付で霞空の実用機教程を終え、同日、少尉に任官した。

彼らはその後、実施部隊へと配属が決まっており、前線へ配属される前、もう二度と亡き戦友に会えないかもしれないと考え、鈴木敏は霞空を離れるにあたり、殉職した二人にその報告と永遠の決別をしていたのかもしれない。

第十章　予備学生たちの真実

〝指揮官先頭〟の実態

予備学生制度にもう少し言及する。「まえがき」でも若干触れたが、『海軍予備学生・生徒』（小池猪一編著、国書刊行会、昭和六十一年三月発行）や「雲ながるる果てに――戦没海軍飛行予備学生の手記」（白鷗遺族会編、増補版、平成七年六月発行）などを参考に予備学生について論旨を展開する。

前述したように昭和九年に創設された予備学生・生徒制度は、当初は飛行機搭乗員に限られており、その人員も第一期は五人、二期は十四人、三期十七人、四期十二人、五期十九人、六期二十六人、七期三十三人、本記で詳細したように八期は四十三人と続く。採用人員は第十二期まで極めて少なかった＝次ページ図。

大著『海軍予備学生・生徒』の編纂にあたった小池自身も第十四期予備学生である。「編纂にあたって」の冒頭で彼は、予備学生や予備生徒の「予備」の意味は、現役に対する予備役、即ち予備員であるが、その実態は現役と全く変わらなかったという事実が明確になったと述べている。次に彼はこうも指摘する。

「日本海軍の伝統の一つに〝指揮官先頭〟という鉄則があった。この伝統も勝戦《いくさ》の時には整然として遵守されていた。しかし、戦局も逼迫した後半の戦場においては、至る所でこの伝統が怪しくなる現象が現れてきた。この事実は、批判力をもち、物事を客観的に見る能力をもっていた学徒出身の予備士官の多くが、あらゆる面で体験させられてきた。特に顕著な実例をあげ

海軍飛行科予備学生・予備生徒期別一覧

期別（生…予備生徒）	入隊年月日	入隊員数	戦死・殉職者数	備考
1	9.11.29	5	0	(1) 一旦社会に出たのち、充員召集を受けた。2、3期は、日本学生航空連盟海洋部出身。3期までは、陸上機専修者は艦攻を、水上機専修者は水偵を専修したが、4期以降は全機種に分かれて専修した。
2	10. 5. 1	14	5	
3	11. 4.13	17	1	
4	12. 4.12	12	5	(2) 4期以降は卒業後任官し、即日召集、即日入隊した。4期は学生海洋飛行団出身、5、6、7、8期は海軍予備航空団出身。
5	13. 4.15	19	8	
6	14. 4.11	26	10	
7	15. 4.15	33	25	
8	16. 4.15	43	28	
9	17. 1.15	34	24	(3) 9期は全員、10期（操）中3名、11期中34名は、海軍予備航空団出身、11期中3名は、日本学生航空連盟出身。10期は、兵科1期予備学生と同日入団。12期は、兵科2期予備学生と同日に入団。
10操	17. 1.20	48	30	
10偵	17. 1.20	49	31	
11	17. 9.30	85	69	
12	17. 9.30	61	30（含要務3）	
13	18. 9.30	4,988	1,607（含要務54）	(4) 13期以降は、戦局の推移により大量採用、また大学予科、高専の学生を予備生徒とした。霞ヶ浦、土浦、三重、鈴鹿で教育、神風特別攻撃隊の中核となった。即ち聯合艦隊布告による神風特別攻撃隊員中の士官戦没者数は、769名、うち飛行科予備学生・生徒出身者は653名、そのうち13期以降は643名である。
14	18.12.10	3,312	406（含要務149）	
1生	18.12.10	2,208	159（含要務78）	
15	19. 8.10	2,301	18	
2生	19. 8.10	574	1	
合計		13,829	2,457	

『飛魂』から

れば、兵科一期、二期の出身者が、第一線の陸戦隊小隊長或は防空隊長に配備になった時、兵学校出身の小隊長は一人もおらず、司令部々中、少尉がおればまだ良いほうだったという。また、神風特別攻撃隊の編成表を見ると、兵学校出身者は僅か数名に過ぎず、第一線航空部隊にも数えるほどしかいなかった。予備学生、生徒出身の初級士官に匹敵する兵学校七十期代の飛行学生出身者は、どこで〝指揮官先頭〟を行っていたのだろうか」

小池は予備学生だったゆえ、全ての面で優遇された海軍兵学校出身者に対するある種の〝反抗心〟を差し引いても、兵学校出身者の狭隘なエリート意識に強烈な反感を抱いていたことは確かであったといっても過言ではあるまい。それというのも、小池は「陸上部隊も、航空部隊も、日本海軍伝統である〝指揮官先頭〟で闘ったのは、予備学生、生徒出身者であった。予備学生、生徒出身の予備士官は、亡び行く日本海軍の最後を飾るにふさわしい奮闘を続けた」と強調している。

英国の戦艦を撃沈

昭和十六年十二月八日未明、聯合艦隊が真珠湾へ奇襲攻撃し、太平洋戦争の火ぶたが切られたわけだが、太平洋戦争の緒戦は優勢であった。緒戦の大戦果に国内は沸き返ったのも事実である。海軍航空隊の活躍は国民から圧倒的な支持を得たのである。

大戦に突入し、飛行予備学生の第七期は太平洋戦争で緒戦から第一線航空部隊で活躍する。その最初の功績は、開戦三日目のマレー沖海戦での英国の戦艦「プリンス・オブ・ウェールズ」「レパルス」の二艦の撃沈である。その端緒を開いたのは、七期飛行科予備学生で索敵機を操縦する帆足正音（龍谷大）が最初に英国艦隊を雲の切れ間から発見し、正確な敵情報告をしたのである。

航空ジャーナリスト協会会員の碇義朗が書いた『海軍航空予備学生――予備士官パイロットの生と死』（光人社、平成十二年十二月発行）には、帆足が殊勲の索敵を終え、帰還後に、「最後に大爆発を起こして完全に停止したプリンス・オブ・ウェールズがするすると沈んで行くときは、大舞台の幕が下りるような感じの厳粛のひとときだった。われわれクルーだけがこの歴史的な瞬間を見守ることができたのは、何という幸運だろうと思った」と語ったことが記されている。

本来であれば、帆足は剃髪《ていはつ》して出家するはずであったと思うが、兵役を飛行機乗りで果たそうと海軍航空予備士官を志した。同期や仲間内からは「和尚さん」の愛称で呼ばれていたという。

帆足は十六年九月上旬に実施部隊「元山航空隊」に赴任し、開戦直後、いきなり敵主力艦隊を発見した。索敵の大殊勲であるのだが、不幸にもそのわずか三カ月後の十七年三月十五日、台湾沖で戦死している。

八期の戦没者と生存者

本記では第八期予備学生の殉職した山口要次《やまぐちようじ》や民谷《たみや》廸一《みちかず》、和田《わだ》烝治《じょうじ》の三人を中心に同期、肉親らとの交流を描いたわけだが、改めて八期の戦没者や終戦時に生存していた同期の一覧＝巻末の注一表＝を概観する。彼らは十七年四月、晴れて実用機教程を終了し、四十人は海軍少尉に任官する。

八期全員が海軍予備航空団（東京支部二十二人、大津支部十人、名古屋と福岡の両支部が各五人、札幌支部一人の計四十三人）出身であり、予備学生では第五期〜九期は予備航空団出身であるため、彼らは全員が操縦専修である。八期は「太平洋戦争開戦前に海軍予備学生として入隊した最後の期であり、繰り上げ卒業ではない正規の三月卒業という平時教育体制最後の卒業の期であった」。

彼ら八期は土浦空で三カ月の基礎教程終了後、七月十二日に霞空に入隊し、中間練習機（中練）教程に入った。訓練は赤トンボといわれた九三式中間練習機で行われ、繰り返すが開戦翌日の十二月九日、中練教程終了間近の特殊飛行訓練中に本稿の中心人物の一人、山口要次が事故を起こし、殉職した。これは第八期予備学生の最初の犠牲者であった。

十六年十二月十四日に全員が中練教程を終了し、実用機教程に入った。訓練機は当時の第一線機としての優れた性能を誇った九七式艦上攻撃機（九七艦攻）である。同機は日中戦争では中国戦線において、太平洋戦争では真珠湾奇襲攻撃から始まる大戦前半の航空戦に使用されている。

実用機教程の卒業を一カ月後に控えた十七年三月十日、和田、民谷の両学生が「九七艦攻」による移動飛行の訓練中に事故を起こし、これまた不幸にも両学生が殉職した。

後輩の教官として霞空には当初、三人が残り、三十七人が実施部隊へと配置された。内訳は、戦闘機六人（戦死者六人）▽艦上爆撃機（艦爆）五人（同四人）▽艦上攻撃機（艦攻）十二人（同四人）▽中型陸上攻撃機（中攻）六人（同五人）▽水上偵察機（水偵）四人（同二人）▽飛行艇四人（同三人）――各機種別に配置されている。

十八年六月一日、彼ら八期は海軍中尉に進級。そのころの航空戦の状況は、五月二十九日にアッツ島守備隊が玉砕。

「六月一日には二六一空、詫間空、洲ノ崎空などが開隊し、六月七日から十六日まで六〇三作戦が発動され、ガダルカナル方面に対する航空撃滅が展開され、航空消耗戦の名の如く飛行隊の損害が顕著になっていた。八期の面々は十九年五月一日に海軍大尉に進級すると、各航空隊の分隊長として飛行隊を指揮する中堅幹部になるとともに戦死が急増し、重要配置だけに十五人もの同期が散華した」（『海軍予備学生・生徒』）という状況であった。

ガダルカナル島やラバウル方面など第一線部隊へ配置された三十七人の内、二十四人が戦死しており、実に六五％もの高い戦死者率であった。南洋などで散華した第八期の名簿を見ると、そこにはソロモン方面航空戦以降の戦局を見ることができる。

それは取りも直さず第八期飛行科予備学生出身者が、海軍航空作戦の第一線指揮官として奮闘したことを如実に物語っていた。結局、彼ら同期の戦没者は二十七人、終戦時に生存していた者は十六人であった。

大量採用、即席教育

第九期は先の表でわかるように総員三十四人である。十七年一月十五日に土浦空に入隊した。第五期から九期までは、全員が「海軍予備航空団」出身である。九期は、予備航空団で飛行機操縦訓練を経験した最終クラスである。本記でも紹介したが、九期予備学生を受け持った元霞空の分隊長、松村平太は「訓練をはじめてみると予備航空団での基礎知識があるので技術面でも優秀な者ばかりで、操縦教程も予想以上に順調に進んだのに驚いた次第です」（『飛魂』）と回顧している。

しかし、南方資源の獲得を目的とした南方進攻作戦とともに戦域が拡大すると、初級士官が不足することが明白となる。特に昭和十八年に入ると、ガダルカナル島からの撤退を転機として、戦局は一気に不利な情勢になっていた。

南方ソロモン群島方面の航空消耗戦により我が海軍の航空部隊は急速に航空戦力を喪失し、補充する見込みも無くなっていた。

このような事態に直面し、海軍が苦肉の策で目をつけたのが、大学や専門学校の学生。彼らを予備学生として大量に採用し、即席で教育し、航空や防空兵力に充当することにした。

それと並行し、航空搭乗員の増加策として飛行予科練習生（予科練生）も大量採用に踏み切ったのである。事実、飛行予備学生は昭和十七年入隊の第九期から十二期まで合わせても三百人に満たなかったのに対し、十八年九月入隊の第十三期飛行科予備学生の数は一挙に五千人に近い人員となっている。

海軍はまた、太平洋戦争に突入する前夜の十六年十月、省令第三十七号で「海軍予備学生規則」を改正し、一般兵科学生を募集。飛行機搭乗員だけに限らず、砲術や機雷、通信、語学関係、その他の海軍要員に充てることにした。兵科予備学生は第一期、二期合わせても八百人足らずであったが、二年後の昭和十八年入隊の第三期は三千八百余人を採用。四倍以上の大量採用となったのだ。

話は変わるが、『海軍予備学生――その生活と死闘の記録』（鱒書房、昭和三十一年九月発行）という書籍がある。著者の山田栄三自身、海軍予備学生であった。彼は十八年一月に少尉に任官し、ソロモン方面の海軍陸戦隊や土浦空の教官を歴任している。山田らが霞空に入隊したその日、全員が教官たちから殴られたという。それは訓示中に居眠りしていた学生がいたことが原因だったようだ。

「貴様ら、岩国で何を習ってきた。霞空はお前らを一人前の搭乗員に仕上げるところだ。（略）今日も司令の訓示の最中に居眠りしていた奴がいる。飛行機の中で居眠りでもしてみろ、居眠りした奴は自業自得だろうが、そんな奴のために、大事な飛行機をこわされてたまるか。貴様らは、岩国で何を習って来たか知らないが、今日からは霞空のやり方でやる。まず貴様たちの腐った性根から入れ替えてやる。足を開け！　歯を食いしばれ」

数人の教官連がいっせいに学生たちへ襲いかかる。教官は、七期、八期の飛行予備学生出身だが、殴ることは容赦しない。

著者の山田ら学生たちは、この勇ましい教官たちを「ヨタモン教官」と呼んだと書かれている。予備学生八期で教官になったのは当初、学生長であった石岡敏靖（法政大）、それに吉村敏行（東大）、小野光康（同）の三少尉である。彼ら三人は終戦時も幸いなことに生存していた。

『飛魂』に挿入されている第十期飛行科予備学生の中練教程修了時の記念写真（十七年十一月二十日付）には、教官の石岡のほか、同じ八期の川口俊六（東大）と歌田義信（同志社高商）が応援に駆けつけ、教官として記念写真に収まっている。川口は幸いなことに終戦時も生存していたが、本記で綴ったように航空殉職の石碑を建碑企画した歌田は十九年五月十五日、南シナ海での着艦事故で殉職していた。

殴られた側の山田らに〝ヨタモン教官〟と呼ばれた八期の五人は、同じ時期に教官として霞空に在隊した。小野と吉村は第九期を受け持ち、石岡と歌田、川口の三人は第十期を担当し、彼ら五人は十八年六月一日付で中尉に進級する。五人は決して〝ヨタモン教官〟ではなかった。

石岡が『飛魂』で綴ったように、「あの時代にパイロットを志しながら戦場で散るなら別として、訓練中に斃れるのでは、本意である筈はないし、養成計画にも支障を来たし、機材の損失も大きい。従って、早く、無事に、十分な技術を身につけてもらいたいと思った」との想いは、訓練中には絶対に死亡事故を起こさぬという五人の誓いでもあった。それは取りも直さず彼ら同期の訓練中の事故死からの猛烈な反省であった。

海軍予備学生出身の士官は消耗品

自著で山田栄三は「予備学生出身の士官は消耗品であった。ニューギニアやソロモン、マキン、タラワ、キスカなど、一番早く敵が取りつきそうなところ、激戦が予想されるところには、もれなく予備学生出身者を配置した。兵学校出身の有能だと自負する若い士官が、一人も配置されていないのは、どういうわけだろうか」と辛辣に皮肉る。

「私は四年半にわたる海軍生活を通じて、最前線の陸戦隊で、ただ一人も兵学校出身の小隊長をみたことがない。（略）海軍が、予備学生に期待したことはもはや明らかであった。消耗品、それ以外の何ものでもない。予備学生は、命令一つで、どこへでも意のままに動く消耗品であった」

同書を出版した当時、山田は朝日新聞社の政治部に所属していた。彼はあとがきでこう締め括っている。

「大戦争に参加した学徒が、文字どおり、生命がけで戦ったということである。しかも、その死は全く顧みられないのはどういうことであろう。私は、当時の学生たちのひたむきな愛国心は、今の時代でも尊いものだと考えている。愛国心が、敵愾心にだけ結びついたことは、反省すべきことだったにしても」

山田の書籍より後発となる『海軍予備学生』（著者・蝦名賢造、昭和五十二年四月発行、図書出版社）の中には次のような件もある。やはり、海軍兵学校出身のエリート士官の弊害に言及した個所である。

「飛行予備学生の制度が海軍航空本部で検討されはじめたのは昭和八年秋であった。当時アメリカでは、同様の制度がすでに実施されていた。いくさを予測して組織されている軍隊が、優秀な士官を確保したいのは当然のはずであるが、日本海軍の場合、海軍兵学校出身者の狭隘なエリート意識が邪魔していた。昭和十五、六年になってさえ、予備士官の数はせいぜい三十名。陸軍に比べても海軍は、その点では立ち遅れていたのである」

蝦名はまた、「予備学生に対して粗製乱造という批判があったのも当然かもしれない。『ネズミをとらない猫』という予備学生への冷笑もあった」と明かす。この粗製乱造という言葉は、何も予備学生本人たちの責任ではない。

敢えて今日の世情に例えて考えれば、予備学生は海軍兵学校出身のエリート士官と異なり、〝派遣社員〟のような存在で、正社員に比して著しく待遇が悪い状況に置かれた存在であったような気がする。

もっとも今まで概観したように予備学生といっても第一期から十五期まであり、各期で実状もさまざまである。特に十三期以降は戦局の悪化に伴い大量採用され、「神風特別攻撃隊」（特攻）の中核となった。

しかも十三期は志願の形を採ったのに対し、三千三百十余人もの大量採用をした十四期は徴兵方式を採った。十八年十二月、彼らは徴兵としてそれぞれ海兵団に収容され、二等水兵となったのだ。
第一期海軍兵科予備学生でもあった蝦名は速成教育であったが、厳しく無駄のない教育であったと一応評価した上で、「それにしても練習機教程の卒業時の飛行時間が、一期から十二期までは、平均百時間以上あったのが、十三期となると三十時間足らずという猛烈さであった」と皮肉を込めて指摘している。
蝦名は後に中央公論新社から文庫版（平成十一年八月発行）を出版。巻末には著名作家の森村誠一が次のような解説を書いている。

「戦前、戦中は多種多様な軍学校が設けられていたが、最も有名な軍学校は、将来の養成を目的とした海軍兵学校と陸軍士官学校であった。当時、入学の倍率は三十倍から四十倍の一高、東大並みの難関であり、全国の俊英を吸い集めた。日本陸海軍の将星は、ほとんどすべてこの両校の卒業生である。（中略）海軍としては、その中核の人材たる海軍兵学校出身者を温存しておきたかった。このために、普通学校の学生（大学・高等専門学校等）を予備士官として急速養成し、激戦地に配置したのである。いわば海軍予備学生は兵学校出身者の楯とされた形であった」

このように森村の辛辣な言葉が並ぶが、正鵠《せいこく》を射た解説である。

大半が特攻で戦死

海軍兵学校と陸軍士官学校だけではなしに予備学生も、日本の将来を担う〝頭脳〟となる優秀な人材は多かった。もちろん大学名や学歴だけでは到底判断できないわけだが、第八期四十三人の内訳を考えても旧帝国大学出身者だけで九人もいた。その内、東大が五人、京大二人、北大、阪大が各一人となっている。八期の四十三人は、終戦時には半数以上の二十七人が戦没している。

この中にはソロモン群島やペリリュー島など、南洋の大海原や戦場で「一死報国」と決意し、散華した者のほか、海軍基地や航空隊での飛行訓練などで不運にも斃れた者も含まれる。

あの時代、祖国を護るため戦闘機の操縦士を志しながら戦場で散華するならまだしも、訓練中に斃れるのは、殉職者本人にとってもはなはだ不本意だったのではなかったのかと、推察される。

『雲ながるる果てに』によれば、制度発足以来の総数は一万五千百四十余人を数え、戦没者は二千四百八十五人の内、第一期から十二期までは半数を失い、十三期や十四期、それに第一期生徒は、その多くが神風特別攻撃隊として散華した。特攻で戦死した士官搭乗員は七百六十九人中、実に八五パーセントの六百五十余人が飛行科予備学生・生徒出身者であったという。

繰り返すが、若者たちは自分の郷土や祖国を愛し、家族を愛し、国を守るために散ったのである。現在の価値観とは決して相容れないが、戦時下の世相にあっては、戦死は軍人の誉《ほま》れであり、最高の名誉とされた。それに対し、飛行訓練中の事故による殉職は、ややもすると自己の不始末――「技量未熟」であるとみなされ、殉職者本人はもちろん、不本意であろうが、恥辱とされた時代であった。それゆえ、私は敢えて殉職者の悲しみを、石碑を通して描こうと考えたのである。

第八期飛行科予備学生戦没者（戦没年月日順）

	出身校	所属	機種	戦没年月日	戦没地域
山口　要次	京大	霞ヶ浦空	中練	16・12・9	霞ヶ浦空（殉職）
民谷　迪一	大阪帝大	〃	艦攻	17・3・10	〃（〃）
和田　烝治	東京歯専	〃	艦攻	〃・〃・〃	〃（〃）
杉本　光美	大谷大	七〇五空	中攻	〃・10・18	ガダルカナル島
森本　繁生	早大専	三空	戦	〃・〃・19	セレベス方面哨戒中
福西弥一郎	京都薬専	二五二空	戦	〃・12・24	ソロモン群島ムンダ
浅野　満興	大阪歯専	五八二空	戦	18・1・7	ニューギニア方面
松橋　泰	早大	霞ヶ浦空	水偵	〃・3・4	横須賀実験部（殉職）
小林　淳作	福岡高商	八〇二空	艇	〃・11・24	マキン基地発進未帰還
蔵本　正夫	西南学院	二五二空	戦	〃・11・24	マキン島上空空戦
平野　史郎	京都高蚕	五八二空	艦爆	〃・12・24	タロキナ泊地攻撃後
小川　松吉	名古屋高商	五五二空	艦爆	〃・〃・26	ビスマルク諸島
永富　敏夫	早大	八〇一空	艇	19・5・8	ラバウル方面
歌田　義信	同志社高商	九三一空	艦攻	〃・〃・15	着艦事故（殉職）
酒井　康雄	拓大	三二一空	艦攻	〃・〃・28	ダバオ（戦病死）
小林　義雄	早大専	八五一空	艇	〃・7・2	パラオ・ダバオ間
福富　正喜	東大	一〇五空	艦爆	〃・8・5	ミンダナオ島東方
竹下　修一	名古屋高商	宇佐空	艦爆	〃・〃・19	宇佐基地（殉職）
立見　友尚	物理学校	攻七〇四	中攻	〃・9・26	ペリリュー島
田中　章	関東学院	戦三〇九	戦	〃・〃・10	バリクパパン附近
楢木　一郎	西南学院	偵一一	艦攻	〃・〃・12	台湾沖
城戸　大耀	京都薬専	偵一〇三	艦攻	〃・11・13	比島方面
杉浦　彰	青山学院	九〇一空	戦	20・1・5	海南島・三亜上空

【注一】

木村　正	京都薬専	攻四〇六	中攻	〃・〃・10	出水基地（殉職）
山本　穆	早大	九五一空	水偵	〃・5・12	九州西方海域
村井　荘	横浜高工	攻一〇七	中攻	〃・〃・17	沖縄方面自爆
塚本　真二	東大	攻四〇一	中攻	〃・6・8	台湾方面

計　二七名

第八期飛行科予備学生　終戦時

	出身校	最終所属	機種
石井　三郎	中央大	大和空	艦攻
石岡　敏靖	法政大	神町空	艦攻
今井　隆久	関西大	西条空	艦攻
岩本　直一	京大		艦攻
梅田　忠夫	関西大	偵四	中攻
小野　光康	東大	築城空	艦攻
大内　藤郎	日大	一三一空	艦攻
川口　俊六	東大	攻七〇四	艦攻
佐藤　守正	福岡高商	高知空	艦攻
杉浦　慎三	水産講習所	百里原空	艦爆
鈴木　敏	日大		艦攻
平井　節郎	北大		艦攻
広瀬　武夫	大阪歯専	戦三〇八	水偵
村中　豊彦	関西大	三〇二空	艇
吉川　馨	中央大	大和空	水偵
吉村　敏行	東大		艦攻

計　一六名　合計四三名

（註）艇——飛行艇　戦——戦闘機

『海軍予備学生・生徒』（国書刊行会、昭和61年3月、編著・小池猪一）から

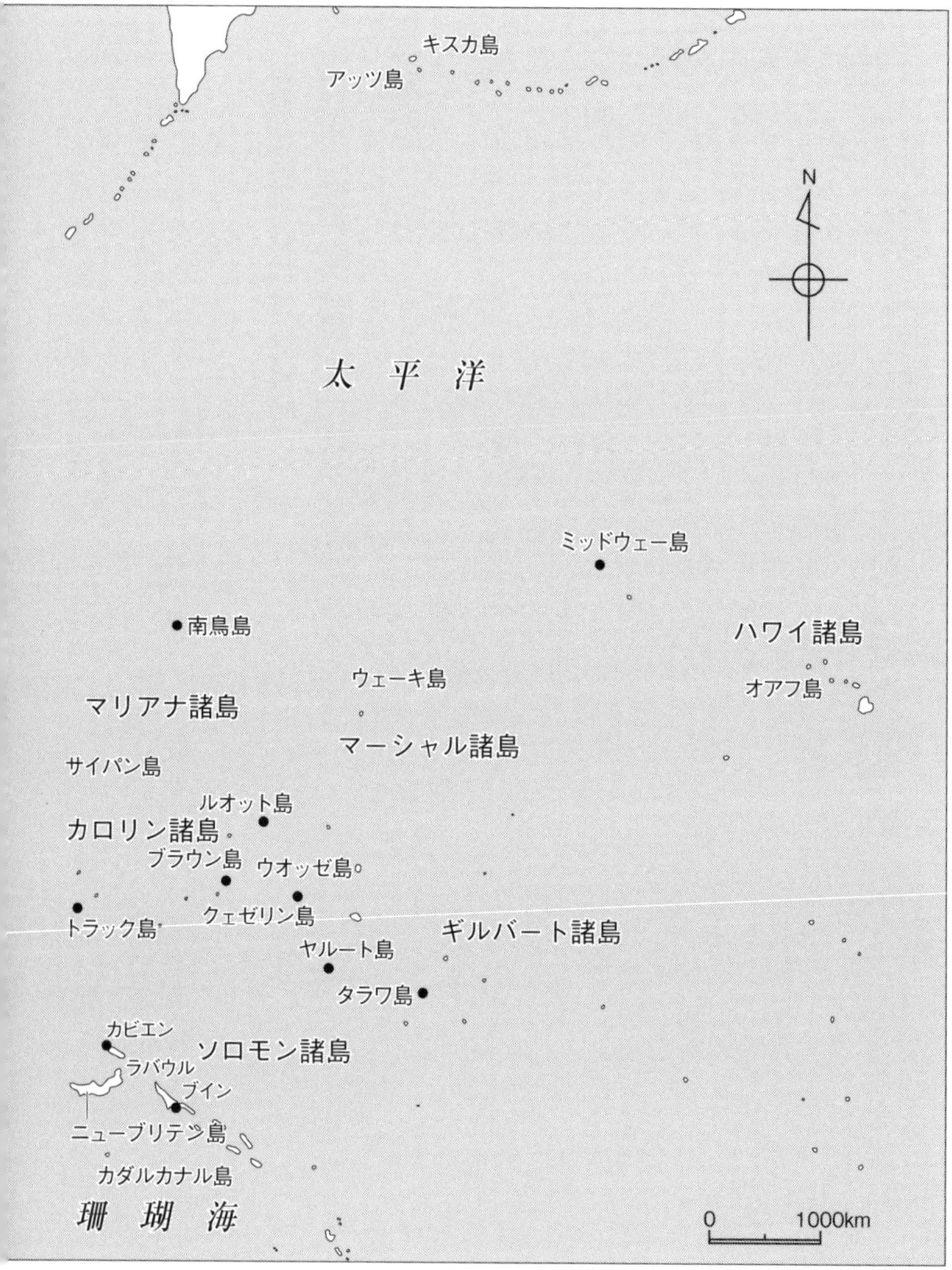

キスカ島
アッツ島
N
太　平　洋
ミッドウェー島
南鳥島
ハワイ諸島
ウェーキ島
オアフ島
マリアナ諸島
マーシャル諸島
サイパン島
ルオット島
カロリン諸島
ブラウン島
ウオッゼ島
クェゼリン島
トラック島
ギルバート諸島
ヤルート島
タラワ島
カビエン
ソロモン諸島
ラバウル
ブイン
ニューブリテン島
カダルカナル島
珊　瑚　海
0
1000km

主要海軍航空隊・航空基地配置図
（海　外）
元山
光州
青島
麗水
釜山
鎮海
上海
小笠原諸島
喜界島
父島
沖縄
母島
新竹
台北
宣蘭
宮古島
馬公
台中
石垣島
硫黄島
香港
高雄
虎尾
台南
海南島
ラオアグ
ツゲガラオ
サンフェルナンド
ルソン島
クラークフィルド
マバラカット
マニラ
フィリッピン諸島
バンコック
ニコルス
ツダウモ
レガスピー
グアム島
ミンドロ島
テニアン島
ヤップ島
セフ
サイゴン
パラワン島
パナイ
パラオ島
タバオ
ザンボアンガ
コタランジャ
ペナン
ミンダナオ島
スマトラ島
シンガポール
クチン
モロタイ島
ボルネオ島
セレベス島
パリックパパン
ケンタリー
アムボイナ
ニューギニア
スラバヤ
ジャバ島
バリ島
チモール島
ポートモレスビー
『雲ながるる』から

あとがき

第八期飛行科予備学生に関する手記や体験談を編んだ書籍など、ほとんど皆無に近い。彼ら八期は四十三人で、終戦を迎えた者はわずか十数人だけである。戦後も七十数年が経っており、この稿を書き始めた当初、遺族や関係者を捜し当てるだけでもかなり苦労するだろうと、不安な気持ちがよぎった。それはこれからの取材の困難さを予感させるものだった――。

映画やカラオケなどで「予科練」（海軍飛行予科練習生）の存在は社会的にも浸透し、かなり認知されている。それに対し、「予備学生」という言葉は予科練に比べて認知度からいっても、かなり影が薄い。社会一般では忘れ去られた〝語彙〟でもある。若い人にそのことを訊ねると、多分、「予備校の生徒か、学生でしょうか」という答えが返ってくるような気がし、笑うに笑えない感じである。

海軍予備学生関連の書籍は皆無かといえば、そうでもない。予科練の関連書籍ほどではないが、確かに数多《あまた》ある。代表的な書籍として『きけ　わだつみのこえ――日本戦没学生の手記』（日本戦没学生記念会）という書籍がある。大学生らの徴兵延期の措置がなくなり、「学徒出陣」という言葉とともに、数多くの学生らが戦場で散った。戦後、この書籍は社会から注目された戦没学生の手記である。ただ、この本は編集方針により、学生らが抱いていた反戦的、敗北主義的な側面だけを誇張した手記を収載したように思われている。

この書籍の編集方針に反撥し、国の危急に呼応し、国を護るため自らの死を意義あるものと戦没した学生らの当時の手記を、ありのままに収載することを主眼に編纂した『雲ながるる果てに』（出版協同社刊、昭和二十七年発行）という書籍がある。十三期予備学生の生存者や遺族らで組織された「白鷗遺族会」が出版したもので、予備学生の手記を集めた書籍では、この二つが双璧といわれている。

特に『雲ながるる果てに』は四十四年に河出書房新社から、仮名遣いなどを現代表記に改め、再刊され、平成七年六月、戦後五十周年にあたり、収録篇数をこれまでの五十九篇（六十二人）から八十一篇（八十四人）に増やし、同社は増補版として再刊行。この増補版の奥付を読むと、会誕生の経緯が記されている。

「昭和十八年九月、三重と土浦の海軍航空隊に入隊した約五千人の第十三期海軍飛行専修予備学生は、その三分の一を神風特別攻撃隊の中枢として失った。その同期生と遺族の心の連帯をもとに、最初は第十三期遺族会として終戦直後に発足した」

第十三期の遺族会はその後、予備学生・生徒総員一万五千の遺族同期生の会として「白鷗遺族会」と名称を変え、昭和二十六年暮れ、社団法人として認可された。

この二つの書籍に限らず予備学生関連本の多くは十三期、十四期の予備学生の手に依るものが圧倒的である。本書で数多く引用した『飛魂』（山陽図書出版、昭和五十七年四月発行）は第九期、十期の還らざる翼となった予備学生に寄せた手記である。

　私は取材と並行し、見切り発車的に原稿を書き進めてから、不勉強で不本意なことだが、『海軍予備学生・生徒』（小池猪一編著、国書刊行会、昭和六十一年三月発行）という書籍を知り、第八期予備学生に関し、随分と助けられた。今回の論稿にも幾度となく引用させてもらった。また、土方敏夫（十三期飛行専修予備学生）が著した『海軍予備学生　零戦空戦記――ある十三期予備学生の太平洋戦争』などもそうである。

　予備学生関連の書籍では、多くの年配の方なら誰でも知っていると思うが、東京五輪（昭和三十九年）前後の時代、好評を博した「スタジオ一〇二」「それは私です」などの番組で、NHKの名物アナウンサーとしてお茶の間で馴染みの顔だった野村泰治は十四期予備学生である。彼の著作『落日は還らず――海軍予備学生の生と死』（光人社刊、平成二年一月発行）の後記にこんな記述がある。

「少数の例外はあったにせよ、私たちはコチコチの愛国心の持ち主であったとは思えない。それぞれの夢も希望も持っていた。しかし、厳しい戦争のうねりに投入されては、自分たちの本音をふりかざすことは許されなかった」

　彼は当時の心情を素直に吐露し、「いつかあの日の異様な行進と、その前後のことを書いておきたいと思うようになった」と記述している。彼のいう「異様な行進」とは昭和十八年十月二十一日、冷たい雨が降りしきる中、明治神宮外苑競技場で挙行された学徒出陣の「壮行会」のことだ。

学徒は陸海軍へ一斉に入隊しなければならない法が公布され、それぞれ学業も夢も志半ばに、彼らはペンを捨て、銃を執って陸海軍へ入隊した。海軍では野村のような十四期飛行予備学生や第四期兵科予備学生らは学徒出陣組で、十三期までの予備学生は志願制だった。

終戦後に生まれ、戦争の悲惨さを知らない私が今回、拙く綴った本書は野村泰治のように、強制的に入隊せねばならなかった予備学生らを対象にしたのではない。建前はどうであれ、飛行機の操縦士に憧れ、一途に国を護るため、愛する家族を守るため志願し、自らの意思で入隊した八期飛行科予備学生の歴史に埋もれた話である。

「まえがき」でも少し触れたように、開戦早々に殉職した八期予備学生の山口要次、民谷廸一、和田烝治の三人を中心に彼らの遺族や同期の思い、大正人の思い、人間同士の心の絆を航空殉職の石碑《いしぶみ》を通して書いたつもりだ。

特に茨城県旧福岡村（現・つくばみらい市）に所在する建碑の裏側に刻まれていた文字は取材当時、完全に消え去っていた。後日、二人の殉職者の名前や死亡日時などが刻まれていることが判った。それらに関してはある程度、想定できたことなのだが、本記で綴ったように「銃後の一女性」という作者名で、清冽な和歌《うた》も刻まれていた。それはまったく想定外である。

この和歌は殉職した〝英霊〟に対し、山里の娘のほのかな慕情と畏敬の念が想起され、私はその和歌に興味を持った。また、和歌の下に「銃後の一女性」と記されていたことにも強く心が揺さぶられ、建碑発起した同期——歌田義信や殉職者の遺族らの慟哭にも似た想いを認識するに従い、殉職者に対する山里の娘の心情が込められているようにも感じられた。

この石碑は国家存亡を賭け、憂国の熱血にかられて海軍に入隊した第八期予備学生、とりわけ殉職者に対する慰霊碑としての意味合いもあるが、飛行教育の事故防止を誓い合った石碑でもある。また、遺族や同期らにとっては「殉職の地」としての事実を後世に伝えるための石碑でもある。明治と昭和の時代に、とかく埋没の感がある「大正」。その大正生まれの八期予備学生の交流に関し、現代人が忘れかけている絆を感じた。

言葉を発しない二つの航空殉職の石碑を通し、遺族の当時の悲痛さや他人を敬う心、予備学生同士の絆が、戦後七十数年が経ち、荒《すさ》んだ「現代」を逆照射しているように感じる。

私は二つの石碑を通し、殉職した三人の遺族や彼らを巡る当時の人々の込めた情感や愛情、「大正人」の心の優しさ、戦時下の時代の空気のようなものを何とか記録に残したいと思った。私のささやかな熱意を少しでも本書から感じていただければ、筆者として幸いに思う＝文中、敬称略。


本書を書くにあたり、阿見町歴史調査委員の赤堀好夫、戸張礼記、井元潔、八木司郎の各氏の助言、懇切な指導をいただいた。また、本記でも何度か登場した千葉県内に住む嘉本隆正氏の綿密な資料収集と調査結果に依拠し、随分と不明な点などを補うこともできた。歴史の闇に埋もれた事実の断面だけでも掘り起こせたのは、彼ら諸先輩に負うところが大きかったと思っている。

また、取材先で関係者や予備学生の遺族から当時の話が聞けたのも幸運だった。さらに貴重な資料や手紙など、筆者にとっては何物にも代えられない「取材」となり、遺族や関係者の御厚情に深くお礼を申し上げたい。とりわけ本記の中で何度も引用した書籍『飛魂』の存在がなければ、本書は完成しなかったと思う。改めて感謝を述べたい。

最後にさくら舎書籍編集部の戸塚健二さんにはお手を煩わせ、大変お世話になりました。また、編集局長の古屋信吾さんの的確なご助言にも深く感謝するしだいであります。

倉田耕一

二〇一九年三月

著者略歴

一九五二年、秋田市（旧河辺町）に生まれる。八八年、産経新聞社に入社し、秋田支局、水戸支局、各通信部、東京本社などに勤務。現在はノンフィクション作家として活動している。

著書には『土門拳が封印した写真　鬼才と予科練生の知られざる交流』（新人物往来社）、『浅野梅若　三味線一代、その時代と人々』（無明舎出版）、『アメリカ本土を爆撃した男　大統領から星条旗を贈られた藤田信雄中尉の数奇なる運命』（毎日ワンズ）などがある。

最後《さいご》の大空《おおぞら》のサムライ

——第八期《だいはっき》海軍飛行科《かいぐんひこうか》予備《よび》学生《がくせい》の生《せい》と死《し》

二〇一九年三月一〇日　第一刷発行

著者　倉田《くらた》耕一《こういち》

発行者　古屋信吾

発行所　株式会社さくら舎　http://www.sakurasha.com

東京都千代田区富士見一-二-一一　〒一〇二-〇〇七一

電話　営業　〇三-五二一一-六五三三　ＦＡＸ　〇三-五二一一-六四八一

編集　〇三-五二一一-六四八〇

振替　〇〇一九〇-八-四〇二〇六〇

カバー写真　近現代ＰＬ／アフロ

装丁　長久雅行

印刷・製本　中央精版印刷株式会社

ISBN978-4-86581-189-6